LA NIÑA POLACA

LA NIÑA POLACA

MÓNICA ROJAS

Grijalbo

El papel utilizado para la impresión de este libro ha sido fabricado a partir de madera
procedente de bosques y plantaciones gestionadas con los más altos estándares ambientales,
garantizando una explotación de los recursos sostenible con el medio ambiente y beneficiosa para las personas.

La niña polaca

Primera edición: agosto, 2022

D. R. © 2022, Mónica Rojas

D. R. © 2022, derechos de edición mundiales en lengua castellana:
Penguin Random House Grupo Editorial, S. A. de C. V.
Blvd. Miguel de Cervantes Saavedra núm. 301, 1er piso,
colonia Granada, alcaldía Miguel Hidalgo, C. P. 11520,
Ciudad de México

penguinlibros.com

ISBN: 978-607-381-708-0

Impreso en México – *Printed in Mexico*

Dedicado a los que dejaron sus voces
sepultadas bajo la nieve de Siberia

Sepa con certeza de una vez
que, derribado en el suelo, un hombre oprimido
se esfuerza de nuevo por alcanzar la montaña pura
cuando es exaltado por la esperanza.

Soselo.
Fragmento de su poema "A la luna"

Exordio. Hacia ninguna parte

Me gusta soplar los dientes de león y ver cómo sus semillas se esparcen en el viento. Permanecer sentada bajo la sombra de este árbol y contemplar cómo sus hojas tambaleantes caen a la tierra de donde nacerá vida nueva. Amo tanto a México, porque me dio una familia y me devolvió las ilusiones que me arrebataron a punta de fusil cuando era casi una niña... casi una niña.

Me cuesta recordar. La memoria suele jugarles muchas tretas a los ancianos, pero si hago un esfuerzo logro volver a los años en que ocurrió aquello. Todavía conservo en el paladar el sabor de los *pierogis* que mi madre cocinaba y la firmeza de sus brazos sosteniéndome cuando mis rodillas no daban de sí aquella madrugada, cuando nos desgarraron el corazón de tajo con una sola frase: "Tienen quince minutos para abandonar su casa".

Con esas palabras empezamos a flotar sin rumbo, de un lado a otro, como tú, diente de león, que no entiendes que es imposible alcanzar al sol. Todas mis reminiscencias están guardadas entre estas varillas esponjadas y el flaco tallo que se mueve al son del viento. Mira tú, hierba bonita, hasta dónde vinimos a parar.

Quizás alguien pidió un deseo, sopló un diente de león en alguna parte del mundo, una semilla llegó hasta mi jardín y floreciste. Ahora es mi turno, hierba bonita. Te haré viajar por muchos lares, no sin que antes dejes un poco de ti en esta

11

mano arrugada por los noventa y tantos años que Dios me ha permitido vivir.

Seguramente no lo sabes, pero cuando el viento te arranca los estambres su intención no es empequeñecerte, al contrario, porque esas semillas que abandonas a tu paso extienden tu presencia y te preservarán en la memoria de la tierra. Fíjate cuánto nos parecemos. A los dos nos tocó deambular, ir y venir para sembrar y cosechar, para morir y renacer, para juntarnos aquí, porque así lo dictaron el destino o el viento.

Yo también me despojé de mis estambres, de casi todos. Uno se quedó conmigo... y aunque hace mucho que no lo he vuelto a ver, siento su presencia viva cada vez que un recuerdo me transporta a nuestros años de juventud. Basta una flor, una golosina, una carcajada que emane desde mi pecho para evocar su mirada verde y su cuerpo delgado, frágil como tus pétalos cuando están frescos.

Me gusta sentirlo cerca, hierba bonita, porque Cezlaw es Polonia y Polonia es Cezlaw. Él es la vida convertida en sonrisa, el recuerdo en que se sostienen mis alegrías latentes y las lágrimas que penden de mis ojos incapaces de brotar cada que pienso en lo que hubiera podido ser.

—¡A que estás pensando en mí!

—Cezlaw, ¿eres tú?

—Quién si no. Tenía que visitarte, especialmente hoy.

—¿Y qué tiene de especial este día?

—*Sto lat!* ¡Hoy es tu cumpleaños! Siempre lo olvidas. *Sto lat, sto lat, niech zyje, zyje nam. Sto lat, sto lat, niech zyje, zyje nam. Jeszcze raz, jeszcze raz, niech zyje, zyje nam, niech zyje nam!*

Cien años, cien años,
que vivas, vivas para nosotros.
Cien años, cien años,
que vivas, vivas para nosotros.
Otra vez, otra vez, que vivas para nosotros,
¡que vivas para nosotros!

...

POLONIA

1

Destruyeron monumentos y arrancaron pavimentos,
¡este está con nosotros!, ¡este contra nosotros!...
Letra de la canción "Mury", de Jacek Kaczmarski,
compositor y cantante polaco

Veintitrés de agosto de 1939. Mientras los líderes de la Unión Soviética y la Alemania nazi se reunían en Moscú para firmar el Pacto Ribbentrop-Mólotov y repartirse lo que no les pertenecía, Ania, con apenas catorce años y sin saber gran cosa de la vida, jugaba con Heros en el campo. No se dio cuenta de que eran las seis de la tarde hasta que sonaron las campanas de la iglesia de San Miguel Arcángel.

—¡Vamos a casa, Heros! Cezlaw ya ha de haber llegado.

Como todos los miércoles, el muchacho la visitaría con una caja de chocolates bajo el brazo.

Ania era la más pequeña de la familia Ciéslak. Tenía los ojos muy azules, del mismo color que su vestido favorito; el pelo suave, ondulado como la paja madura que se apilaba en el granero que Patryk, su padre, había construido con sus propias manos para consolidar el hogar en las afueras de Komarno, un pueblito localizado en la región oriental de Lwow, en Polonia.

Su hermano Jan, cuatro años mayor que ella, era un muchacho rubio a quien el trabajo en la carpintería de su padre le había moldeado un cuerpo fornido. De aire taciturno, siempre concentrado en sus labores, se pasaba los días tallando madera, dándole forma, pensando que pasaría toda su vida entre baldas y herramientas; le parecía bien, estaba conforme y en paz con la rutina que le heredaba el oficio que ya era un sello de familia.

Irena, la mayor, era una veinteañera alegre y parlanchina que se había casado muy joven con Mandek, un campesino de la localidad. Tenía tres hijos: Aron, Paulina y Nikolai, que en aquel entonces tenían cinco, tres y dos años de edad. A Ania le impresionaba que su hermana no se avejentara ni se curtiera por el ajetreo y sus responsabilidades de mujer casada, tal y como le había pasado a su madre, Halina, que pese a su delgadez, era recia como todas las mujeres que trabajan en el campo; cargaba los cestos de trigo y hacía las faenas de la granja sin ayuda, sin perder tiempo, como si su día fuera más corto que el de los demás.

La vida era sencilla y sosegada en ese pueblo rodeado de bosques donde nada cambiaba, salvo el río Vereshytsia, que se congelaba en invierno y se deshelaba en primavera.

En esos tiempos, Ania no veía más allá del cielo diáfano, sin más adornos que las nubes y las alas de los pájaros juguetones, y así era feliz, sobre todo los miércoles. Como de costumbre, a las seis en punto el muchacho estaba parado en la puerta con su caja de chocolates. Ella, que pecaba de impuntual cuando se extraviaba en sus paseos, corrió hacia su casa agitando los brazos para que Cezlaw la viera desde lejos.

—¡Ya estoy aquí! Lo siento, me distraje jugando con Heros y cuando escuché las campanadas me di cuenta de que se me había hecho tarde.

—De todas formas te habría esperado —respondió sonriendo—. Recién llegué. Toma, tus chocolates.

Con inocente coquetería tomó la caja rozando los dedos de Cezlaw. Hacía más de dos años que ese chico rubio la visitaba con frecuencia sin más recompensa que un beso en la mejilla. Entretanto, Heros correteaba de un lado a otro, mirando a los muchachos sin acercárseles mucho, como no queriendo interrumpirlos con el jadeo incontrolable de su ir y venir mientras atrapaba las varas con que Ania lo provocaba. Aquella era una escena que bien podría haber salido de cualquier pintura naturalista.

—Mamá está preparando unos quesos, ¿entramos?

—Tú primero.

—¡Heros! Entra tú también.

Cuando Ania abrió la puerta, el corazón se le encogió como si se protegiera de un latigazo fulminante. Algo flotaba en el aire, como un mal presentimiento ajeno y frío, pese al calor que desprendía el horno en que se calentaba el pan.

Sentada en una de las sillas del comedor, Halina permanecía inmóvil con la cara cubierta con sus manos. Desde su pedestal, la Virgen Negra de Czestochowa la contemplaba con impotente tristeza.

—Mamá, ¿qué te pasa? ¿Estás llorando? —Ania se acercó para acariciarle el cabello en un tímido intento por consolarla. Pensó que quizá se sentía enferma o se había enterado de los males de algún conocido.

—¡Ay, hija! Pidámosle a Dios que lo que escuché sea una mentira.

19

—¿Qué oíste? ¿Dónde? —preguntó desesperada—. Por el pueblo se dicen tantos chismes que lo mejor es no creerlos todos.

—Supongo que sé de lo que habla, señora —interrumpió Cezlaw—. Todos hablan de lo mismo. Que si la… No. Prefiero ni pronunciar esa horrible palabra. Mamá dice que es mejor no decirla para no invocarla.

En sus ojos de muchacho se asomó el miedo de un niño.

—¿De qué están hablando? —insistió Ania, ansiosa y confundida.

Reflexionó y dedujo casi de inmediato que esa inquietud se debía a la copiosa cantidad de vehículos militares que vieron desfilar en los días recientes dirigiéndose a lo que parecía ser una enorme bodega en construcción a unos diez kilómetros de distancia. Eran tiempos de conflicto. *Hitler, invasión, ataque,* eran palabras que se escuchaban por todas partes y que alimentaban los rumores que esparcían la simiente de la angustia por todos los pueblos de Polonia; los que habitaban lejos de la frontera con Alemania guardaban la mezquina esperanza de mantenerse a salvo creyendo que los nazis no tenían sus tentáculos tan largos, como Ania misma creía.

—Ya veo. Pero cálmate, no nos va a pasar nada. Los nazis están muy lejos de aquí. Dicen que lo que les importa es el territorio cercano a su frontera y nosotros estamos hasta el otro extremo del país.

—¡No seas ingenua! La desgracia nos acecha a todos.

—Lo único que quise decir es que yo creo que los alemanes no llegarán hasta aquí.

Ania agachó la cabeza avergonzada. Su madre tenía razón, sus palabras eran ingenuas y también egoístas, quizás porque eran las de una muchacha que se resistía a pensar que, en el momento menos pensado, una tolvanera de pólvora podría acabar con su vida y las de sus seres queridos.

—Discúlpame, hija, y tú también, Cezlaw. No quise acongojarlos. Miren qué caras tienen por culpa de mis preocupaciones. Olvidemos el asunto. Traeré los quesos y el pan. Ustedes vayan a la carpintería por Jan y tu padre, que no han dejado de trabajar desde muy temprano. Seguro están hambrientos —perfiló una sonrisa forzada y hueca—. Ahora vuelvo.

—Lo que pasa es que me creen una niña y ya no lo soy.

—No los culpes, es normal que quieran tratarte así.

—¿Por qué? ¿Acaso es más fácil?

—Yo creo que es más difícil.

—No te entiendo, Cezlaw.

—Mantenernos inocentes en tiempos de guerra es casi imposible.

—Me gustaría ser adulta para que me tomaran en serio.

—Y hablas como una niña. Anda, vamos por tu padre y tu hermano, que tu hermana no tardará en llegar.

Con una cesta cargada de pierogis, carnes y una botella de vino, Irena llegó de visita con sus hijos y su esposo. La familia se reunió en torno a la mesa. Cenaron contentos, distraídos con los juegos de los niños que no dejaban de retozar en los regazos de sus abuelos, hasta que Irena abordó el tema en la sobremesa como si se tratara de un chisme local.

—¿Ustedes han escuchado los rumores? Yo sí, y también que las cosas se pondrán muy complicadas. Para colmo, han estado apareciendo unos volantes por las calles, miren, traje uno:

ESTRECHAMOS NUESTRA MANO A NUESTROS HERMANOS
PARA QUE ASÍ PUEDAN LEVANTARSE Y LIBRARSE DEL AZOTE
QUE HA DURADO LOS ÚLTIMOS SIGLOS.

El mensaje se leía en ucraniano junto a la caricatura de un militar ruso sometiendo a uno polaco y, frente a ellos, unos campesinos ucranianos que rompían las cuerdas que ataban sus manos.

—Esta propaganda es otra cosa, hija. Es parte de la disputa eterna entre ucranianos y polacos —sostuvo Patryk arrugando el volante para restarle importancia al mensaje.

Halina permanecía en silencio, angustiada de que su hija mayor hubiera llevado el tema a la mesa.

—Sí, aunque yo creo que no debemos perder este asunto de vista. Las relaciones entre la Unión Soviética y Alemania son buenas, lo que ocurre es que estamos en tiempos turbulentos. En fin, que sigo creyendo que las tensiones no nos van a afectar, ¿no creen?, ¿qué opinan? —preguntó Irena animando una conversación que empezaba a ser incómoda.

—No sé, no estoy seguro —replicó Jan afectado.

—Si aquí no hay nada que pueda interesar a los alemanes… —alegó Irena alentando una discusión política—. A mí me han dicho que…

—¡Ya salió la experta!

—No seas pesado, Jan. Lo que digo es que alguien está construyendo una bodega de armas y vehículos militares cerca de aquí, aunque creo que los alemanes…

—¡Es que no paras de hablar! —alzó la voz Jan cansado de la apresurada verborrea de su hermana mayor.

—Hijos, basta —interrumpió Patryk—. Nadie sabe lo que ocurrirá en realidad, les pido que dejemos de hablar de esto, ¿qué pretendes que opinemos, Irena? ¿Qué podemos decir al respecto si no sabemos nada? Y tú, Jan, ¿qué necesidad tienes de gritar en la mesa? Somos gente del campo, no políticos ni intelectuales. Estoy seguro de que ellos tampoco saben lo que va a pasar mañana. ¡La guerra aquí y la guerra allá!, estoy cansado de escuchar esa palabra endemoniada que no nos deja ni convivir en paz. Voy por el violín, y tú, Halina, ven conmigo, por favor —le pidió al notar que se había dañado su semblante.

—Irena, obedece a tu padre y deja el asunto en paz, por favor —irrumpió Mandek con ternura.

—Lo siento, hermana. No debí alzarte la voz. Tú también discúlpame, cuñado.

—La guerra siempre conduce al odio, hasta cuando solo hablamos de ella. Estás disculpado.

Cezlaw apretó la mano de Ania bajo la mesa cuando notó su mirada transida, tratando de adivinar lo que estarían hablando sus padres. Era extraño, pensó Ania, jamás los había visto darse un beso, entrelazar sus dedos como lo hacen los enamorados, o bailar con cadencia bajo la melodía de alguna canción romántica como en las películas. No obstante, sabía que sus padres se querían, y mucho. Cada que Halina le preparaba a Patryk su sopa favorita, o cuando él se ofrecía a ordeñar a las vacas para que ella se quedara un rato más en la cama, en realidad se estaban diciendo: te amo. Cezlaw volvió a oprimir su mano y cuando al fin logró que Ania se volviera hacia él, sacó la lengua haciendo una mueca que la hizo reír.

—Eres tan bobo.

—Cezlaw, ¿cómo permites que mi hermana te hable así? —preguntó Jan haciéndoles mofa.

—Siempre me dice bobo. Creo que debo acostumbrarme. Peores cosas tendré que soportar cuando nos casemos.

Las risas, como una ola, removieron la zozobra que se había encallado en la mesa. Incluso Ania, un poco sorprendida por las palabras de Cezlaw, se relajó. Patryk volvió con su violín en mano. La polca devolvió la luz a la casa. Hubo zapateo y palmas. Luego, chocolate caliente y pan. La virgen, que hacía un rato lucía acongojada por la zozobra de Halina, parecía volver a sonreír con ellos.

A las nueve de la noche, Cezlaw se despidió de ella en el porche bajo la advertencia de que no tardaran mucho.

—Nos vemos el próximo miércoles.

—Cezlaw...

—¿Qué pasa? La hemos pasado muy bien ¿Acaso no estás feliz? —le preguntó con una ternura que acentuaba sus rasgos redondeados, como de niño pequeño.

—Sí, claro que sí. Mejor dicho... no sé, ¿qué vamos a hacer si nuestros miedos se hacen realidad?

—Ania, hay cosas más fuertes que una guerra.

—¿Como qué?

—Como tú. Como tú y yo.

El muchacho le sostuvo el mentón con suavidad, como si pudiera rompérsele, y le dio un beso en la frente que le coloreó las chapas. Cezlaw se fue apresurado por la timidez y Ania se acarició el rostro, atolondrada.

Cuando entró a su habitación, se plantó frente al espejo del tocador. Seguía ruborizada, pero su rostro se tornó lívido de manera abrupta cuando recordó las palabras de su hermana en la sobremesa. "¿Y si lo que estaba por venir era peor que todo lo que se rumoraba? ¿Y si esa bodega de armas y vehículos era en realidad una base militar? ¿Por qué entonces no había símbolos nazis? ¿Qué era todo esto?", interpelaba ante el reflejo de sus propios ojos consumidos como una flama en la brisa.

Para espabilarse tomó el cepillo. "No hay mejor distracción que tararear una canción mientras me peino", concluyó y se obligó a recordar alguna melodía pegajosa. Su madre entró justo cuando terminaba de acicalarse el flequillo.

—Espera, te faltó aquí —Halina sostuvo su cabellera entre las manos y le hizo un par de trenzas que pendieron sobre sus hombros hasta el nacimiento del busto—. Cómo has crecido, hija, y además eres muy bonita, lo noto.

—Mamá, basta. Me apenan los cumplidos.

—¿Por qué? Si es algo muy natural. Pronto cumplirás quince años, organizaremos una bonita fiesta y te compraremos un vestido nuevo en alguna tienda de la ciudad. Es increíble lo rápido que pasa el tiempo. Cuando menos nos demos cuenta tendrás edad para casarte y serás muy feliz. Dios sabe que es lo que más quiero.

—Hablas como si estuvieras segura de que todo eso va a pasar.

—¡Claro que pasará! ¿Por qué lo dudas? Por lo que estuvimos platicando hoy, ¿cierto? —preguntó con languidez.

—¿De verdad lo crees? Hoy por la tarde me parecía que lo dudabas.

Halina, que no tenía todas las respuestas, siempre disponía de un consejo a la mano, como si los guardara en el bolsillo de su delantal junto a su cajita de mentas.

—Es que en realidad nadie sabe lo que pasará, como bien lo explicó tu papá, sin embargo, de algo estoy segura: tú estarás bien si logras comprender que lo que ocurre es por una razón. No hagas esos gestos, que no se trata de una frase trillada. Tu corazón de niña madurará y algún día serás capaz de ver las cosas de manera distinta. Claro, necesitarás paciencia y tiempo.

—Qué gracioso. Hace rato le dije a Cezlaw que hay veces que quisiera crecer, y por momentos me gustaría volver a ser una niña pequeña.

—Todos hemos pasado por lo mismo. ¿Recuerdas cuando tu hermano refunfuñaba que era un niño cuando tu padre lo obligaba a lijar las tablas, pero cuando quería doble porción de comida vociferaba "¡como mucho porque ya soy todo un hombre!"?

—Sí, era gracioso.

—No es fácil tener tu edad, y menos en estos tiempos. Hay confusión, tristeza, enojo…

—Mamá, lo que en realidad hay aquí dentro es miedo —interrumpió tocándose el pecho.

—Valiente no es el que no tiene miedo, sino el que aprende a controlarlo. Créeme, hija, la fortaleza de tu corazón te ayudará a superar cualquier cosa.

—¿Hasta la guerra?

—Sí, también.

—Eso es lo que te dijo papá cuando fueron por el violín después de la cena, ¿verdad?

Halina asintió.

—Bueno, basta de tanta plática. A la cama, que mañana hay que despertar muy temprano a ordeñar a las vacas y alimentar a las gallinas —le dijo inclinándose para darle un beso en la frente—. Que descanses, hijita.

Esa noche, Ania se arrulló pensando que lo mejor sería ignorar los rumores que no hacían más que hollar en su estado de ánimo; no había necesidad de lastimarse de esa manera. Era más bonito reconstruir una y otra vez el instante en que Cezlaw le dio ese cálido beso de despedida, que era como la promesa irrevocable de un vínculo que habría de afianzarse con el tiempo. "Paciencia y tiempo", repitió Ania recordando que su hermana mayor tuvo el permiso de sus padres para ser novia de Mandek a los quince años.

2

*Si Polonia se abstiene de cometer actos inhumanos,
las fuerzas del Reich no atacarán más que los objetivos
militares, pero si Polonia intenta recurrir a tales métodos,
tendrá una respuesta que la dejará sin aliento. A las seis
menos cuarto de esta mañana, las tropas alemanas
empezaron a contestar al fuego polaco. Una bomba
lanzada por los polacos será contestada con otra bomba...*

Adolfo Hitler, 1939

En voz baja y a hurtadillas, como lo hacen los hipócritas, Alemania invadió Polonia. Era el primer día de septiembre de 1939 cuando empezó la pesadilla. Las bombas que cayeron sobre las ciudades del oeste mataron y mutilaron con saña a sus pobladores que dormían desprevenidos. Miles murieron al instante y los menos afortunados tuvieron que habituarse a vivir con el alma resquebrajada, bajo el constante retumbe de sirenas y detonaciones. Aquel cielo cristalino, adornado con nubes y pájaros, empezaba a agrisarse por las alas de los bombarderos alemanes.

Aunque los sonidos de la guerra se iban escuchando con mayor sevicia, en Komarno, cerca de la frontera con la Unión Soviética, reinaba una aparente calma pese a la confirmación de que lo que parecía una bodega de armamento en realidad era una base militar. Al principio, los vehículos cargados con municiones se movían con sigilo, sobre todo en las horas en que no los delataba el sol, pero conforme pasaron los días, se fueron exhibiendo con mayor descaro.

Halina seguía haciendo quesos y colectando fruta, ordeñaba las vacas y daba de comer a las gallinas. Jan y Patryk pasaban cada vez más horas en la carpintería. Ania, que prefería quedarse en casa a hacer alguna tarea doméstica, en vez de salir a pasear con Heros, se dedicaba a boicotearse. A pesar de que sabía que era mejor no hacer caso de lo que escuchaba aquí y allá, no podía evitarlo. Lo peor era que tenía una idea muy lóbrega de lo que sucedía y le desesperaba no comprenderlo todo. Pasaba de la tristeza al enojo con facilidad y fue a peor cuando una tarde entró a la carpintería a hacerle compañía a su padre y a su hermano:

—Cada día trabajan más, ¿es que tienen muchos pedidos?

—Sí, hija, muchos. Este ropero debe estar listo mañana, aquellos baúles la próxima semana y los ataúdes hoy mismo. Pásame los clavos que están en esa repisa.

—Toma. Me da escalofríos verte haciendo ataúdes, papá.

—No hay razón. Toda mi vida he hecho ataúdes —sentenció Patryk con la vista puesta en la madera—. Será una ironía que cuando muera nadie haga uno para mí.

—¿Por qué has dicho eso? —reclamó.

—Es una broma —contestó sin más.

Patryk dejó sus herramientas y agachó la cabeza como un venado viejo, cansado de cargar sus astas.

—Una broma muy mala en un pésimo momento.

—Hija, fue una tontería. Perdóname —reculó.

¿Y qué iba a perdonarle? Si ahora que lo pensaba, ella tenía el mismo infortunado vaticino. Su padre hacía ataúdes pero nadie haría uno para él porque moriría entre los escombros que deja un bombardeo, o en medio de un fuego cruzado. Era probable que ella también y nadie pensaría en exequias en esas horribles circunstancias. Sus ojos se llenaron de lágrimas y un leve vahído la obligó a sostenerse en la pared.

—Hermana, tranquilízate. Fue un comentario que no tiene importancia.

—Qué insensible eres, Jan.

—Y tú qué ridícula.

—¡No es ninguna ridiculez!

—Lloras por todo. Ya papá te pidió disculpas, ¿qué más quieres?

—Vamos, vamos —intervino Patryk apaciguando el pleito—. Ania, dile a tu mamá que ya casi terminamos. Ve y ayúdale a preparar la mesa, que es hora de cenar.

Que su padre cortara la discusión de tajo como quien arranca la hierba mala cuando se descubren brotes en el pastizal la enfureció más que los insultos de su hermano, sin embargo, decidió no alegar, y en un acto de forzada circunspección, cogió aire y salió de la carpintería. "Los ridículos son ellos. Me siguen creyendo una niña que se ilusiona con la llegada de San Nicolás. Quieren tapar el sol con un dedo pese a que escuchamos las mismas noticias en la radio y nos pasmamos por los mismos cotilleos que resuenan en el pueblo. Yo también oigo las voces de los militares, distingo su idioma que no es el nuestro. Se les olvida que aprendí algo de ruso en el colegio. ¿A qué vienen? ¿A invadirnos? ¿A rescatarnos? El tiempo me habrá de contestar, porque en casa, nadie quiere hacerlo. Me creen incapaz de reflexionar como lo hacen ellos, ¡los adultos! Lo único que saben decir cuando me da por preguntar qué pasa o qué es lo que creen que pasa, es: anda ve a la carpintería, ve a tu habitación, ve con tu madre, o con tu padre… vete, me dicen, porque es más fácil evadirme que responderme", bufaba como un toro camino a casa.

Esa noche, sentados alrededor de la mesa, volvieron a encender la radio que emitía las infames acusaciones de siempre: "Los polacos aterrorizan y persiguen a los alemanes que viven en la región de Dánzig. Quieren expulsarlos de sus casas". Decía Hitler que, cínico, alzaba la voz y vituperaba en contra de un país que no quería problemas, por lo menos no sus ciudadanos. "Ellos empezaron", clamaba enérgico asegurando que sus mentiras eran verdades.

—Suficiente. Mejor apago la radio —sugirió Halina que ya veía a sus hijos mordiéndose las uñas.

—Dejar de escuchar las noticias no las hará desaparecer —argumentó Jan.

—Pero sí nos evitará un mal e innecesario rato. A partir de hoy, nada de radio en esta casa. Lo guardaré, ¡y no se diga más!

—¿Qué ganas con eso, mamá? —alegó Jan.

Halina no prolongó la discusión. Desconectó el aparato y se lo llevó ante la mirada reticente de sus hijos.

Por eso no se enteraron de que por esos días el Tercer Regimiento alemán había entrado a Varsovia y derrotado al ejército encabezado por el general Wladislaw Anders, quien no tuvo otra opción que retirarse hacia la ciudad de Lwow junto con los hombres que aún sobrevivían; su plan era huir a través de la frontera con Rumania o Hungría, reorganizarse y volver a dar batalla. Un par de días más tarde, los nazis ya se habían apoderado de Varsovia, la agonizante capital polaca.

El diecisiete de septiembre se emitió en la radio un mensaje, ahora desde el bando soviético: "Debido al conflicto bélico, los ucranianos y los bielorrusos que viven en Polonia no cuentan con suficientes garantías de seguridad". Así que, enarbolando el estandarte de la salvación, el Ejército Rojo de Stalin entró al país por la zona de Kresy, al este. Los bolcheviques estaban muy cerca del hogar de Ania.

3

Todos los tratados entre la Unión Soviética y Polonia
han sido anulados debido a que el gobierno polaco ha
abandonado a su pueblo y ha dejado de existir.

Viacheslav Mólotov, ministro soviético
de Relaciones Exteriores,
diecisiete de septiembre de 1939

Con siete ejércitos de campaña conformados por unos quinientos mil soldados, los soviéticos entraron agrupados en dos frentes: el Frente Bielorruso y el Frente Ucraniano.

Los polacos no habían sido capaces de defender sus fronteras occidentales de los nazis y la situación se les complicó más cuando se ejecutó la segunda invasión. Si bien el ejército polaco tenía un plan defensivo, no estaba preparado para combatir dos frentes de manera simultánea.

Cuando los rojos cruzaron la frontera, se encontraron con que la mayoría de las tropas polacas estaban en la zona oeste luchando contra los alemanes; únicamente veinte batallones conformados por unos veinte mil soldados se dirigieron a la zona oriental a defenderla con lo último de sus resuellos. Al ver todas sus capacidades superadas, el mariscal polaco Edward Rydz-Smigły ordenó a sus batallones retroceder y limitar los ataques solo al caso de defensa propia:

—Los soviéticos han entrado. Diríjanse hacia Rumania y Hungría por la ruta más corta. No luchen contra ellos a no ser que los asalten o traten de desarmar sus unidades. Las tareas defensivas de Varsovia y otras ciudades que deben defenderse de los alemanes quedan sin cambios —dicen que así dio la orden.

Originalmente ese plan se basaba en el retiro y reagrupación de tropas en la frontera con Rumania, donde adoptarían posiciones defensivas y aguardarían por el ataque que franceses y británicos habían prometido perpetrar por la zona oeste a fin de debilitar las operaciones de Alemania en Polonia, permitiéndole un respiro al transido ejército polaco. Sin embargo, el ataque soviético obligó a los aliados a no intervenir para evitar represalias de Stalin, dejando a los polacos sin amparo ante los dos saqueadores.

La caballería stalinista desfiló por la ciudad de Lwow tomando posesión de ella el veintidós de septiembre de 1939. Algunos de sus habitantes creían que su entrada era un acontecimiento digno de celebrarse y se reunieron en las calles para aplaudir el paso triunfal de los airosos militares. Integrantes de grupos étnicos minoritarios de la región fronteriza, como los ucranianos, bielorrusos y judíos, se alegraron pensando que su presencia los blindaría contra los ataques alemanes. Quizás Ania y Jan, al igual que ellos, habrían aplaudido al escuchar la noticia en la radio, o tal vez habrían visto con mayor claridad la tragedia que se avecinaba disfrazada de desfile triunfal.

Mientras tanto, en la zona occidental, lo que quedaba del ejército polaco postergaba con valentía la irremediable rendición que llegó el veintisiete de septiembre. No pudo resistir más y firmó el acuerdo de cese al fuego. Las tropas sufrieron grandes pérdidas: unos setenta mil combatientes murieron, ciento treinta mil resultaron heridos y setecientos mil fueron hechos prisioneros por alemanes y soviéticos. Los jefes militares que quedaban vivos se dispersaron, se deshicieron de sus armas y se mantuvieron ocultos en la clandestinidad aguardando el momento de reincorporarse a las fuerzas armadas. Aproximadamente ochenta mil uniformados lograron escapar a través de Rumania y desde allí partieron a Francia o a Inglaterra con ayuda de los aliados o con sus propios medios. Los representantes del gobierno polaco también salieron del país a través de Rumania. Hitler y Stalin se quedaron a repartir el botín a sus anchas.

Para rematar la sucesión de infortunios, el general Anders fue herido y arrestado cuando intentaba huir. Los soviéticos lo encarcelaron en Lwow y más tarde lo trasladaron a la prisión de Lubyanka en Moscú, donde lo torturaron con brutalidad tras haberse negado a unirse al Ejército Rojo. Polonia y sus hijos estaban siendo aniquilados ante los ojos cerrados del mundo.

Al cabo de un tiempo, Halina volvió a conectar el radio. Nadie lo quiso escuchar, ya no era necesario, el Ejército Rojo se esparcía como la peste por Komarno y sus alrededores.

4

*Un golpe corto del ejército alemán, y posteriormente
otro del Ejército Rojo, fueron suficientes para aniquilar
esta fea criatura del Tratado de Versalles.*

Informe de Mólotov al Soviet Supremo,
treinta y uno de octubre de 1939

Toda esa raigambre de desgracias fue suscitando mayores incertidumbres en la vida de los habitantes de Polonia. Ania se daba cuenta de que la expresión de sus padres era cada vez más lívida. Jan, que de por sí era un muchacho de carácter silente, hablaba menos, e Irena ya no los visitaba por miedo a toparse con uno de esos tanques verdes que avanzaban por los alrededores como serpientes venenosas.

Es que el Ejército Rojo no solo había domeñado los espacios públicos, también había ocupado los interiores de las oficinas de gobierno. Los soldados se paseaban por las calles como si fueran de su propiedad; muchos tomaban licor y se divertían insultando a quien se cruzara ante su tambaleante paso. ¿Qué podían hacer los sometidos sino agachar la mirada y hacerse a un lado?

Las calles estaban cada vez menos transitadas, los comercios fueron cerrando sus puertas y muchas personas dejaron de salir. Todas se arrinconaron en sus casas deseando desaparecer de la mirada agreste de los ocupantes. Nimiedades como un color llamativo, un ruido o una palabra mal dicha marcaban la diferencia entre vivir o morir.

De la noche a la mañana, Polonia ya no era de los polacos.

—No sabes cuánto los odio.

—Yo también, Jan —secundó Ania, que caminaba por la calle cogida de su brazo.

—Más vale evadirlos. Son tan estúpidos que pueden disparar sin motivo.

—Vamos por las calles pequeñas. Normalmente ellos andan en las avenidas principales.

—No te confíes, están en todas partes.

—Como un monstruo de mil ojos.

—Millones —corrigió Jan.

—Son tan groseros. ¿Tú crees que un día se irán?

—No hay forma de saberlo —respondió afligido—. Ven por aquí, de prisa que casi es hora de que cierren.

Los hermanos tenían la misión de ir a las oficinas gubernamentales de Komarno para solicitar sus certificados de nacimiento. Sus padres consideraron que era importante tenerlos consigo en caso de que algo peor se avecinara.

Al acercarse a la escalinata principal se percataron de que unos diez soldados armados con fusiles vigilaban la entrada. Era demasiado tarde para retirarse, el monstruo de mil ojos ya les había clavado un par de ellos.

—Llamaremos más su atención si nos damos la vuelta, Ania. No tiembles, sostente de mí y sube.

Uno de los soldados se les acercó cuando iban subiendo hacia el rellano.

—¿Asunto?

—Venimos a solicitar unos documentos —respondió Jan poniéndose al frente de su hermana.

—¿Qué documentos?

—Certificados de nacimiento.

Los soldados los escudriñaban de arriba abajo. Ania adivinó que se mofaban. Algunas palabras eran similares a su lengua materna y entre los cuchicheos alcanzó a escuchar unas ofensas que prefirió ignorar.

—No, no es un asunto urgente. Regresen mañana.

Con la expresión parca y los puños enrojecidos de apretados, Jan, que también había entendido las palabras dichas por los soldados agrupados en manada como las hienas, permaneció inmóvil ante ellos, enfrentándoseles aunque fuera con la mirada.

—Volvamos mañana, ya vámonos —susurró Ania creyendo que solo su hermano la había escuchado.

—Hazle caso a tu hermanita. Te dije que regresen mañana, ¿no oyes o eres retardado?

Jan no respondió ni con una tenue mueca cuando el soldado le acercó su cara simulando que babeaba. Su aliento olía a salchichas y vodka.

—No entiendo ruso —respondió Jan en polaco—. Estamos en Polonia. No todos hablan su idioma… señor.

El soldado, que encontraba la situación hilarante, se acomodó el quepí y luego de inhalar con fuerza, recuperó la seriedad. Alzó la mano como si le fuera a azotar una piedra en la cabeza y Jan, con torpeza, se arredró. Todos echaron a reír cuando cayó de los escalones.

—Vámonos, hermano, te lo suplico.

—No te atrevas a ayudarme, yo puedo levantarme solo.

—¡Son unos perros! —vociferó uno de los uniformados.

—¡Por eso le temen a las piedras! —farfulló otro.

—¡Polaco infeliz, ven mañana si quieres más! —decía el jefe ahogado en una carcajada.

—¡Y no olvides traer a tu hermanita!

Humillado, Jan solo alcanzaba a pensar en lo que habría hecho de tener un fusil. Ania lo captó cuando vio su faz de animal rabioso. No encontraba las palabras para reconfortarlo; resultaría peor consolarlo después de que habían lastimado su hombría. "¿Qué hace un gato cuando quieres curarle una herida?", reflexionó y siguió andando en silencio detrás de él.

—Regresamos, mamá —anunció Ania en cuanto abrió la puerta.

—Ya me tenían preocupada, ¿pudieron recuperar los documentos?

Jan agachó la cabeza. Ania entendió que lo mejor sería no hablar de lo ocurrido.

—No... había muchos soldados y preferimos alejarnos de las oficinas.

—Hicieron bien.

Halina volvió a la cocina. Ania fue tras ella y se ofreció a ayudarla a preparar la cena. No quería incomodar a su hermano con su presencia y tampoco quería estar sola.

—Mamá, ¿qué te pasa?

—Es que me siento tan angustiada. Me da tanta impotencia todo esto.

Cuanto más agitaba su respiración, Halina pelaba las papas con mayor vigor.

—Cálmate, tú dijiste que todo estaría bien, dijiste que…

—¡Ya sé que dije muchas cosas! Todo esto es tan grave. No tardan en venir, no tardan en… —su alegato se irrumpió cuando se rebanó el dedo índice con el pelador—. Pero qué estúpida soy… ¡Cómo se me ocurrió decirles que fueran al pueblo! ¡A mí, que los debo proteger!

—Estamos bien. Volvimos sanos y salvos.

—Desde que salieron de casa tuve el presentimiento de que algo malo podría pasarles.

—Mamá, no pasó nada.

—Tráeme una venda. Estoy sangrando.

—Mamá…

—¡Demonios, Ania! Olvídalo, yo iré por ella. Ve a tu recámara… ¡Quiero estar sola!

Obedeció sin discutir, como ya era usual. En su camino se encontró a Jan mirando a través de la ventana, tan ensimismado que ni siquiera se espabiló con sus pisadas de caballo en trote.

Todos querían estar solos. Su padre pasaba horas en la carpintería tallando interminables trozos de madera pese a que ya no tenía pedidos. La casa estaba triste y en silencio, como una iglesia entre semana. Ania entró a su habitación, se abrazó a su almohada y encontró debajo de ella uno de los chocolates que Cezlaw le había regalado la última vez que lo vio. El chocolate la incitó a preguntarse ¿por qué no la había visitado?, lo extrañaba tanto, pensaba mucho en él, en la vida, en la guerra… ¿Qué era la guerra? ¿Por qué tanta voracidad?

Recostada en su cama, hizo el ingente esfuerzo de rememorar el pasado para evadir el presente. Decidió volver a los tiempos no muy lejanos en que su cuerpo respondía despreocupado a las melodías que brotaban del violín de su padre. "Qué distinta se escucha la misma canción antes y ahora", reflexionó sin querer, y sacudiéndose la cabeza como si un insecto triscara en su cabellera, volvió a su tarea de evocar las risas de sus hermanos, los abrazos de sus sobrinos y las largas caminatas por el bosque.

El papel dorado de la envoltura chascó bajo sus dedos. Por fin, Ania logró hallar lo que buscaba en el chocolate que se comió poco a poco: "Tal vez sea el último que coma en mucho tiempo", vaticinó otra vez con tristeza. Pero fue esa tristeza la que la transportó a una tarde de primavera en que paseaba junto a Cezlaw y, recordando ese día feliz, se quedó dormida.

—Me gustan mucho tus ojos. Son casi del mismo color de estas búgulas.

—Y el río tiene el mismo color que los tuyos —le respondió Ania sintiendo que la sangre le coloreaba las mejillas.

—El río cambia de color a cada rato.

—Tus ojos serán siempre verdes como el agua cuando refleja las copas de los árboles.

—Quién sabe.

—Tú siempre serás como te veo ahora, así pasen cien años.

—Cuando tenga la cara arrugada como ciruela pasa y la espalda encorvada, ¿me vas a seguir queriendo, Ania?

—Para mí serás el mismo que veo hoy.

—Te olvidas de que esto es un sueño.

—No, Cezlaw, esto es un recuerdo. Aquí estuvimos en mayo. Luego arrancaste una flor azul y me dijiste que se parecía a mis ojos.

—Estas flores se parecen tanto a tus ojos… —cogió una y se la colocó en la oreja—. Te ves muy bonita.

—Después intentaste darme un beso.

—¿Así?

Aquella tarde de mayo, ella interrumpió el momento en que los labios de Cezlaw se iban acercando a los suyos alegando pudibunda que no debían perderse la puesta de sol. Sin embargo, durante su siesta Ania modificó el final de la historia: se quedaba quieta y daba su primer beso dejándose llevar, sin importarle que los demás se burlaran o que opinaran que unos niños no eran capaces de sentir amor verdadero. "¡Que piensen lo que quieran!".

—¿Sabes lo que los alemanes piensan de nosotros? —irrumpió la voz de su padre desde el comedor.

Había dejado de ser mayo y Cezlaw no estaba ahí. Ania se levantó y salió de la habitación atraída por la discusión y el olor a papas y quesos.

—No, dime —respondió Halina desganada.

—Que la nación polaca no merece ser una nación cultivada. Han prohibido el teatro, el cine y el cabaré. No tendremos acceso a la educación y tampoco a la radio ni a la prensa escrita.

—¿Cómo es eso posible?

—Lo es, mujer. Lo es. Los alemanes nos odian.

Patryk manoteaba al aire repitiendo las noticias de las que se enteró cuando había ido al pueblo a conseguir un par de herramientas.

—Ellos tienen su plan y los soviéticos les siguen el juego.

—¿Y eso qué significa, papá? —intervino Ania que se frotaba los ojos amodorrada.

—¿Qué es lo que no entiendes? Se acabó nuestra libertad —se apresuró a contestar Jan, que ayudaba a su mamá a colocar los platos sobre la mesa—. Para colmo, dicen que ya hay cines donde proyectan montón de películas sobre los logros de Hitler y el hombre que las hizo, un tal Goebbels, no solo se encarga de que lleguen a cada teatro de las ciudades que han invadido, sino también de que se tapicen las calles y avenidas con banderas nazis. No tardarán en llegar aquí con su maldita propaganda.

—¡Vaya forma de despertar!

—¿Qué dices, hija? —preguntó Patryk.

—Estaba soñando algo muy bonito y de repente, me desperté escuchándolos hablar de esta pesadilla. Creí que no querías que discutiéramos sobre política, papá.

—Tienes razón. Es que a veces no lo puedo evitar.

—¿Y se puede saber qué soñabas? —preguntó Jan, un poco más animado.

—Búgulas. Soñaba que tenía un ramillete de búgulas aquí en la oreja.

En las semanas siguientes, las escuelas secundarias, las vocacionales y las universidades fueron clausuradas en la zona ocupada por los alemanes, así como los teatros y toda institución cultural. Los intelectuales que no lograron escapar del país fueron arrestados.

Polonia estaba indefensa como insecto en una telaraña.

5

La muerte resuelve todos los problemas:
matas al hombre, matas al problema.

Frase atribuida a Josef Stalin

La primera vez que Ania escuchó un avión militar sobrevolando el cielo de Komarno estaba fuera de su casa lanzándole ramas a Heros.

Un disparo rajó el cielo, dos, tres... tac, tac, tac.

Decenas de tiros acribillaron las copas de los árboles y casi la alcanzan a ella. El motor de la aeronave que bramaba como bestia rabiosa se fue alejando. Quietud momentánea. Polvareda. Tumbada en el piso, Ania se echó a llorar sin control abrazada a sus rodillas. Los muslos le tiritaban como si tuvieran vida propia. "Soy una niña. Recógeme en tu regazo, Virgen Negra. Que no me duela el plomo cuando me atraviese el cuerpo. Que no me duela...", alcanzó a orar en ese breve lapso en el que, igual que los sentenciados a muerte, vio el paso de su corta vida antes del fusilamiento.

El avión se había ido dejando a su paso un horrible hedor a pólvora.

Halina gritó histérica frente a la imagen de su hija tirada en el suelo. El miedo no le permitió advertir que Ania resollaba como un pajarito enfermo y que no tenía heridas.

—¡Hija! —exclamó Halina, corriendo hacia Ania y Patryk fue tras ella.

—¡Mamá! —gritó sin moverse del piso.

—¿Estás bien? —le preguntó ansiosa al tiempo que le escudriñaba el rostro y las extremidades con las manos temblorosas.

—Sí, estoy bien… ¡Heros, mamá…!

—Jan lo está tranquilizando. Está ileso.

—¿Hasta cuándo? ¿Cuánto más va a durar esto? —preguntó aturdida por el susto que le laceró la respiración.

Abrazadas en el suelo y llorando sin amparo, era difícil distinguir quién era la hija y quién la madre. Por primera vez, no hubo palabras lenitivas ni oraciones que convidaran refugio. De nueva cuenta, Jan se sentía herido en su hombría por la rabia de no poder brindar protección a las mujeres de su familia. "Lo haces mejor que yo. Tus colmillos afilados son tu arma y tu defensa. Heros, amigo, ¿me enseñas a ser un perro?", pensó con la moral quebrantada.

—Ya pasó, hija. Ya pasó…

"No, esto apenas empieza", concluyó Jan. Y eso que desconocía lo que ocurría en las profundidades del bosque, donde las madrugadas dejaron de ser sosegadas. Más voces de mando, más motores, artillería pesada… una amarga mescolanza de sonidos que atravesaba todas las ventanas de las casas aledañas acompañaba a la engrosada presencia de la muerte.

Cuando todos esos ruidos entraban a su habitación, Ania se tapaba con la sábana como los niños que se esconden de los demonios que imaginan, aguantaba la respiración y exhalaba despacio, despacio como el transcurso del tiempo que parecía burlarse de sus angustias.

Muchas fueron las veces en las que tuvo que olvidarse de los bríos de valentía que se excitan con la adolescencia para buscar amparo en la habitación de sus padres que, abrigándola entre las cobijas, le acariciaban el cabello y le tarareaban alguna canción dulzona para tranquilizarla.

—Descansa, mi niña, aquí estamos para cuidarte.

—Así me siento, papá, como una niña miedosa y debilucha.

—No seas dura contigo. Todos sentimos la misma angustia.

—Papá, a mí me abrazan ustedes y ¿a ustedes quién los ampara?

—Mira hacia arriba —Patryk, desde la cama, señaló el crucifijo que pendía en la cabecera—. Él nos cuida a todos.

—Amén —contestó Halina con las mejillas húmedas por un llanto silente.

En algún momento, el silencio volvía desde los confines del bosque. Silencio gélido. Silencio de tumba. Silencio que los forzaba a preguntarse una y mil veces: ¿qué vamos a hacer? En realidad, todo iba pasando tan rápido que apenas tuvieron tiempo y recursos para encontrar una respuesta.

6

Aquí se ha cometido un gran crimen,
los propios polacos destruyeron Varsovia.

Hitler, ante la prensa internacional después
de la invasión de Polonia en octubre de 1939

Pese a que la guerra resoplaba en sus nucas, Ania y su familia lucharon por aparentar que la vida seguía un curso de relativa normalidad. Patryk continuaba trabajando en su carpintería tallando muebles que nadie le pedía y Halina, entre siembras y cosechas, rezaba con la esperanza de que con cada avemaría tejiera el punto de una cobija que les protegiera de los peligros venideros.

La gente se fue marchando de los pueblos aledaños. Unos anunciaban que se iban del país con sus parientes, otros desaparecían sin más, desencadenando toda clase de murmuraciones que poco ayudaban a controlar la incertidumbre.

Las calles estaban casi siempre desoladas, salvo los días en que había misa en los templos católicos y ortodoxos. Pese a los riesgos la gente seguía yendo a las celebraciones litúrgicas. Algunos pedían a Dios la salvación; otros, al menos la misericordia de una muerte piadosa. "Gracias porque estamos vivos". "Gracias porque seguimos juntos". "Gracias porque los tiroteos no han alcanzado a nuestros seres queridos".

Halina nunca fue tan devota como en aquellos tiempos. El miedo la acercó a Dios. No le bastaba con ir a misa; cada día antes de cenar, congregaba a todos ante la imagen de la Virgen Negra, les pedía que se pusieran de rodillas y que respondieran un "ruega por nosotros":

Nuestra Señora de Czestochowa, madre de Dios
y madre nuestra, ruega por nosotros.
Nuestra Señora de Czestochowa, madre de aquellos
que se someten a la Divina Providencia, ruega por nosotros.
Nuestra Señora de Czestochowa,
madre de aquellos que son engañados...
Nuestra Señora de Czestochowa,
madre de aquellos que son traicionados...
Nuestra Señora de Czestochowa,
madre de aquellos que están presos...
Nuestra Señora de Czestochowa,
madre de aquellos que sufren de frío...
Nuestra Señora de Czestochowa,
madre de aquellos que tienen miedo...
Nuestra Señora de Czestochowa, madre de la Polonia sufriente...
Nuestra Señora de Czestochowa, madre de la Polonia fiel...
Ruega por nosotros, Nuestra Señora de Czestochowa, para que
seamos dignos de las promesas de Nuestro Señor Jesucristo. Amén.

"A ti también te lastimaron", meditó Ania contemplando los dos rasguños en el rostro de la virgen propinados, según la historia, por un asaltante husita. "Una espada, dos zarpazos y el castigo del usurpador infligido por la muerte. Te pareces tanto a nosotros, por eso sufres con nuestra desgracia, porque sabes cuánto duele la profanación, la vejación, la ausencia y la muerte, ¿sí sabes lo que duele la muerte? Alguna vez mi papá me dijo que era parte de la vida, entonces ¿por qué te rezamos insistiendo en tomar distancia de ella? Que no me lleve, que no se lleve a mis seres queridos. Oración estéril si cada día nos vamos acercando a la muerte más, y más, y más... Es que el problema no es morir, sino la forma y a manos de quién".

Ania seguía reflexionando, imaginando que los bombardeos y los gritos que escuchaba por las noches eran tan potentes que habían alcanzado a penetrar hasta en sus sueños tornándolos en escabrosas pesadillas. Luego despertaba y la realidad resultaba peor. "Estoy empezando a perder de vista la línea que separa al cielo de la tierra y a la fantasía de la realidad. Virgen Negra, con tu permiso le ofreceré una plegaria a la muerte para que tenga piedad de mí: si vas a llevarme, no me avises cuándo, ni me des pistas de dónde harás polvo mi cuerpo. Acércate en puntillas, tómame por sorpresa y hazlo rápido. No te ensañes conmigo. Amén".

—Responde "amén", hija.

—Amén.

—¿En qué estás pensando? Estás como ida.

—En la muerte, mamá. A veces creo que puedo hablar con la virgen y cuando caigo en la cuenta, es la muerte a la que me dirijo.

—¡Ania! No blasfemes y no invoques a la muerte.

—Es inútil, mamá. Hace mucho que está aquí.

7

*La ausencia es un ingrediente que
le devuelve al amor el gusto que la
costumbre le hizo perder.*

Amado Nervo

Salir de casa era muy peligroso, por eso eran menos las cosas que se podían hacer durante el día. Eso le daba a Ania la sensación de que las manecillas del reloj avanzaban con más lentitud. Heros parecía echar de menos los juegos y los paseos. Apenas y caminaba, daba un par de vueltas en su propio eje y se volvía a acurrucar en las piernas de su ama que dedicaba horas a sus bordados y a las dulces remembranzas de los acontecimientos que ya no sabía si eran como habían ocurrido o como hubiera querido que pasaran.

—¿Tú también piensas en él?

—Hau... hau...

—Sé que sí. Hace tanto que no viene a visitarnos.

Lo conoció en la escuela. Ania tenía doce y él catorce años. Ella jugaba con sus amigas durante el receso y él correteaba con los muchachos de su grupo. No se dirigieron más que vistazos triviales hasta que un encuentro en el coro de la iglesia de San Miguel Arcángel sirvió como excusa para entablar la primera conversación.

—Entonces te gusta cantar —preguntó él primero, susurrando.

—¡Silencio! —ordenó el director que repartía las letras de las canciones entre la veintena de coristas.

Ania negó con la cabeza sonriendo.

—A mí tampoco. Dice mamá que es una buena forma de acercarme a Dios. Aunque con la voz que tengo estoy seguro de que Dios preferirá que me mantenga lejos de él.

—¡Eres tan bobo! —respondió sin poder aguantar la risotada.

—Ustedes dos, ¡salgan!

—Profesor, yo...

—Fuera, he dicho, Cezlaw. No voy a tolerar sus faltas de respeto. Siempre es lo mismo. Usted también, señorita Ciéslak, haga favor de retirarse.

Cuando salieron del salón de la iglesia, los dos echaron a reír imitando al estricto profesor que no se tentaba el corazón para sancionar cualquier broma, por pequeña que hubiera sido.

—Si fuera sacerdote ya nos habría excomulgado.

—¡Vaya hombre! Creo que no volveré a venir.

—Ni yo tampoco —secundó Ania—. Mi papá pensó que sería divertido que yo cantara en el coro porque él toca el violín durante las misas, pero definitivamente no es lo mío.

—Y ahora, ¿qué haremos los próximos cincuenta minutos?

—Si quieres, podemos dar un paseo, comer un helado...

—Por cierto, me llamo Cezlaw.

—Lo sé. Yo soy Ania.

—Señorita Ciéslak, un placer conocerla.

Pronto se hicieron amigos. Cezlaw la visitaba cada miércoles, justo el día y a la hora en que tenían la clase de coro.

Después de un tiempo confesó que no le había dicho a sus padres que había dejado de participar en las clases de coro y que aprovechaba esa hora para ir a casa de Ania. Su padre se enteró de la treta:

—¿Y te parece correcto ir a visitar a una muchacha sin que su familia sepa quién eres y quién es tu familia?

—Papá, no exageres. Es solo una amiga y sus padres me tienen buena estima.

—Ese no es el punto. Además, no me gusta que digas mentiras. Mañana iré a presentarme con ellos.

Tras regañarlo por su falta de seriedad fue a casa de los Ciéslak y, parsimonioso, se puso a sus órdenes. Desde entonces se hizo costumbre recibir al muchacho los miércoles de seis de la tarde a nueve de la noche.

Ania ya había perdido las esperanzas de volverlo a ver cuando escuchó, desde su habitación, que alguien pisaba el porche. No era miércoles y el cielo violáceo daba paso al canto de los grillos que anunciaban que era casi de noche.

El visitante tocó la puerta.

—No, Heros, no es él. Ha de ser uno de los clientes de papá que ha venido a buscarlo para que le haga un mueble o un ataúd. Seguramente un ataúd —le hablaba al can cuando lo vio alzar las orejas atento al ruido de afuera.

—Hija, te buscan. Date prisa —le anunció su papá al otro lado de la puerta.

De inmediato fue a la entrada de la casa. Para su sorpresa, Cezlaw no quiso pasar. Contaba con muy poco tiempo.

—¿Por qué no habías venido? Disculpa, la pregunta que hice es bastante tonta —le reclamó abrazando su espalda delgada y fina, revestida por una camisa blanca y unos tirantes marrones en forma de equis.

—Mis padres me prohibieron que saliera de casa, es peligroso, pero hoy tenía que venir. Tomé el riesgo de escaparme porque... —y le informó entonces lo que ella más temía—. Ania, ellos han decidido que lo mejor será que nos vayamos. Mañana, unos amigos de papá nos ayudarán a salir.

—¿De Komarno?

—No, del país.

Ambos se quedaron callados evadiéndose los ojos. Cezlaw se apretó los lagrimales con sus dedos y respiró hondo intentando no ser el primero en romper lo que parecía un pacto tácito: tenían que ser fuertes.

—¿A dónde irán?

—Todavía no lo sé.

"Claro que no lo sabes", pensó Ania apretando el ceño.

—¿Y volverás?

—Sí, te lo prometo.

Pero no le creyó y quizás él tampoco. Se apretaron las manos como queriendo quedarse con algo de ellas y luego de un suspiro hondo como un pozo, Cezlaw sacó algo de su morral.

—Aunque no sea miércoles, te traje unos chocolates —sonrió atribulado.

—Son los últimos que me darás, estoy segura —le respondió bajo un suave estertor. Cezlaw no se atrevió a contradecirla. No tenía objeto.

—Tengo que irme. Mis papás no saben que salí y no quiero que se preocupen.

Ella lo volvió a abrazar con fuerza. Él se soltó de prisa, antes de que lo vencieran las ganas de llorar y, sin decir más que un "hasta pronto", se alejó corriendo sin ceremonias ni parafernalias.

La noche era fresca y olía a hierbas. La luz del porche la dejó ver a Cezlaw hasta que su camisa se tornó en un punto blanco en el sendero, como una luciérnaga desvaneciéndose en la oscura lejanía.

Cosa rara, en cuanto desapareció del todo, comenzó a olvidar los pequeños detalles de su fisionomía: el lunar que tenía entre la nariz y la comisura derecha de sus labios, la pequeña manchita oscura de su iris, el remolino que le ladeaba el flequillo rubio. Era como si la guerra, además de con su vida, se entrometiera con sus memorias. "Algún día pensaré en ti, pero no serás tú quien se dibuje en mi recuerdo, ¿cómo es que no te tomé siquiera una fotografía?", se lamentó resistiéndose a entrar a su casa.

—Adiós para siempre —dijo por fin al muchacho ausente y se quedó un rato recorriendo con los ojos el camino por donde se había marchado.

Alicaída, cerró la puerta y estrujó la caja de chocolates contra su pecho. "Claro que no va a regresar", meditó con el corazón roto por primera vez. "*Hasta pronto* es la frase más estúpida que has pronunciado en la vida. Pudiste haberme dicho otra cosa, algo memorable, una frase más pensada o haberte referido a las cosas que eran solo de los dos, como las búgulas y los chocolates. Pudiste haberme dicho tantas cosas y lo único que pudiste decir fue una mentira. Y ni siquiera fuiste capaz de darme un beso".

Los ojos de Ania, igual que su cielo polaco, se iban ensombreciendo por las alas de los malditos aviones militares.

8

La amistad de los pueblos de Alemania
y de la Unión Soviética, cimentada por la sangre,
tiene todos los motivos para durar.

Stalin, en un telegrama a Hitler, veintiuno
de diciembre de 1939

En otros años, la temporada navideña llevaba su consabida alegría a los hogares de todos los pueblos de Polonia. Sus habitantes, la mayoría de ellos católicos y cristianos ortodoxos, pasaban varios días preparando el festejo que para unos era el veinticinco de diciembre y para los otros, el siete de enero.

A Ania le gustaba hacer un espeso tapete de lana y paja cerca de la ventana desde donde veía a los niños cantar villancicos en las puertas a cambio de caramelos. A veces, se quedaba dormida en la víspera de la celebración acunada por la dulce sensación de que ya faltaba poco para degustar los doce platillos que se preparaban en los hogares de Polonia. Sobre la mesa se extendía una capa de heno y encima de él se tendía un mantel. Después se acomodaba la comida y se sentaban todos alrededor de la mesa dejando una silla vacía por si algún forastero no tenía dónde cenar, como lo dicta la tradición.

Cezlaw y sus padres llegaban al terminar la cena para ir todos juntos a la iglesia a escuchar la *pastreka* o misa de medianoche. Patryk tocaba el violín junto al coro y a su director, que también tocaba el órgano. Durante la eucaristía Ania aprovechaba para rozar discretamente los dedos de Cezlaw que, entre rezo y rezo, guiñaba el ojo tratando de no perder el hilo de la ceremonia.

—Allí estaríamos nosotros, vestidos de monaguillos —le decía ella en la misa de Nochebuena, repitiendo la broma que fue el punto de partida de su amistad.

—Por suerte somos muy malos cantantes.

—¡Shhh!

"Podéis ir en paz, la misa ha terminado. Demos gracias a Dios".

Al regreso, era costumbre que los muchachitos del pueblo caminaran juntos de vuelta a sus casas. Todos jugaban y se deslizaban con sus trineos por las mesetas que parecían hechas de fustán. Las calles estaban blanquecidas por la nieve pero nadie pasaba frío.

Cuando llegaban a casa, Patryk se apresuraba a encender la chimenea en tanto que Halina preparaba una charola con panes recién horneados y tazas de chocolate caliente que todos degustaban animados entre risas y canciones. La noche parecía tan corta.

La Nochebuena de 1939 fue muy distinta.

Ania se sentó cerca de la ventana a sabiendas de que los niños no saldrían a cantar. Apoyó sus brazos en el alféizar e intentó, como ya era habitual, evocar los recuerdos y las canciones que no volverían. Qué triste lucía Komarno. La noche que otrora estaría iluminada por las luces de las velas y la música, no era más que el marco de una agrisada pintura.

—¿Qué haces ahí, hija? —preguntó Patryk sosteniendo su violín.

—Espero.

—¿Y qué es lo que esperas?

—Que pase algo allá afuera, pero algo bonito, no un tanque ni uno de esos camiones militares. Espero que pasen los vecinitos con sus velas y sus canciones, solo espero…

—Esperar, hija, es lo que hacemos todos los hombres en todos los tiempos. Anda, mejor ven conmigo, voy a tocar una polca.

Patryk no quería que su hija se asomara al mundo y tampoco que el mundo se asomara por su ventana. Se esmeró en distraerla tocando música animada, sin embargo la polca había perdido su encanto desde hacía tiempo. En cada aciaga nota resonaba la impotencia, la insulsa necesidad de fingir que todo estaba bien, como la viuda que se esmera en su maquillaje para no causar tantas conmiseraciones.

En casa se prepararon los doce platillos con la comida que ya escaseaba. Como cada año, colocaron el heno sobre la mesa y encima el mantel. Como cada año, dejaron una silla vacía. Como cada año, se sentaron alrededor de la mesa y se tomaron las manos dando gracias a Dios por…

—¿Por qué? —se inconformó Jan con la insistencia de su madre de hacer oración antes de la cena.

—Bienaventurados los que sufren porque de ellos será el Reino de los Cielos— clamó Halina, y Jan se soltó estrepitoso de las manos de sus padres.

—Entonces de eso se trata, ¿vamos a bendecir el sufrimiento? Gracias a Dios por la guerra. Amén.

—Hijo, no hables así. No esta noche —le suplicó su madre.

—Como los borregos marcados en el matadero. Somos los próximos y hay que dar gracias. Agachar la cabeza, ponerle la otra mejilla a los invasores porque somos unos nobles campesinos. Pero claro, no pasa nada, porque Dios recompensa la estupidez, ¿no es así? —dijo con furia y se levantó de su asiento.

—¡Jan, guarda silencio y siéntate!

—¡Alabado sea Dios! —retó a sus padres.

—¡Dije que es suficiente! —Patryk alzó la voz, golpeando la mesa con la palma de su mano.

—Demasiado tarde, padre. Puedo obedecer, puedo rezar todo lo que quieran, pero no puedo pensar como ustedes. ¡No somos corderos!, y se comportan como si lo fuéramos —farfulló sentándose nuevamente—. ¿Y tú por qué lloras, Ania? Estoy seguro de que piensas como yo aunque no te atreves a decirlo. Estás en contra de este circo, sobre todo desde que se fue Cezlaw, ¡dilo!

Ania sollozaba intentando no hacer ruido. Cuando sus espasmos se amansaron, se acercó a Jan y lo abrazó con diligencia.

—Hay cosas más fuertes que una guerra —atinó a decirle aferrándose a la poca esperanza que le quedaba.

—¿Ah sí? ¿Como qué?

—Como tú, Jan.

—¡Como yo! ¿Y tú qué sabes de mí? —contestó haciéndose a un lado, como si los brazos de su hermana no le permitieran respirar.

—¡Basta! Comportémonos como buenos cristianos y sigamos las enseñanzas de las Sagradas Escrituras. Vamos a cenar en paz —pidió Patryk controlando su excitación.

—La Biblia también dice "ojo por ojo, diente por diente".

—Jan, calla —le rogó su madre.

No hubo más réplicas. Tampoco un cambio de tema que alegrara la cena. Cuando la casa se quedó muda se dieron cuenta de cuánto echaban de menos la animosidad de Irena y el barullo de sus niños. Hacía mucho que no los veían.

—Y mañana tampoco vendrán —dijo Halina cuando ya todos los ánimos se habían calmado.

—Es mejor que no se arriesguen —respondió Patryk en voz baja para no exacerbar nuevamente la discusión.

—No me miren, no agregaré nada más. Lo dicho, gracias a Dios que seguimos vivos —replicó Jan con hipócrita ironía, porque él también echaba de menos a su hermana.

La noche fue muy larga y silenciosa para la Virgen Negra que, desde su pedestal, esperó en vela inútilmente a que terminaran la oración de agradecimiento que Halina había comenzado.

Por desgracia, el año nuevo llegó sin pompa y con el augurio de que las cosas se habrían de poner peor.

En la zona ocupada por los nazis las condiciones se agravaban dramáticamente: en enero de 1940 se prohibió a los judíos el uso del tren y para ese entonces todos ellos debían portar, de manera obligatoria, la insignia de la estrella de David. La represión y el miedo orillaron a unos trescientos mil judíos a huir a la zona soviética, pensando que ahí las cosas no podían estar peor.

Sin embargo, los soviéticos seguían cometiendo tropelías y se justificaban bajo el argumento de que debían salvar a sus conciudadanos maltratados y desprotegidos por el gobierno polaco. Sus discursos abyectos no dejaban de difundirse a través de la prensa. Pero muy a pesar de la copiosa propaganda, ya era claro, al menos para los más analíticos, que lo único que buscaban era una excusa para adueñarse de la porción oriental de Polonia, "su zona" de acuerdo al tratado que habían firmado con los alemanes en secreto.

Los habitantes de Polonia estaban acorralados. En Komarno y los pueblos aledaños, seguían abandonando sus hogares por la aprensión de terminar sus días con una bala atravesada entre las cejas; otros, en cambio, no hicieron otra cosa que mantenerse ocultos tras las paredes de sus casas ansiando que los soldados o los miembros del Comisariado del Pueblo para Asuntos Internos, conocido como NKVD, no tocaran a sus puertas.

—Dicen que ya están desalojando gente en los pueblos cercanos.

—No puedo creerlo, es una ilegalidad, Patryk.

—A estas alturas podemos esperar cualquier cosa. No sé qué vamos a hacer, mujer. Todo es tan confuso. Unos dicen que es bueno que estén aquí, otros que es malo. Tuve que haber planeado algo, huir como la familia de Cezlaw, no sé.

—Yo tengo todos los papeles de la propiedad —argumentó Halina en su afán de calmarse a sí misma, creyendo que aquellos sellos oficiales serían suficientes para que les dejaran seguir viviendo en su casa.

—Quizás esos papeles sirvan de algo —respondió Patryk cada vez más cabizbajo.

—Todo está en regla, no pueden echarnos.

—Me duele pensar que la guerra pueda borrarle los sellos a cualquier documento legal; al fin y al cabo ¿qué es y qué no es legal para ellos?

Conforme avanzaba el invierno la comida del granero iba escaseando. Las dos vacas que quedaban tenían las ubres cada vez más enjutas y las gallinas ya casi no ponían huevos. El hogar se enfrió gradualmente. Pocas veces Ania o su familia se atrevían a salir para colectar leña y cuando lo hacían era porque las nevadas los empujaban hacia el bosque. Iban de prisa y a hurtadillas, temiendo que cualquier mal encuentro con algún soldado terminara en tragedia.

Komarno se estaba repoblando de fantasmas asustadizos que se ocultaban de la mirada de otros fantasmas tras los muros de sus casas, cada vez más descoloridas, que palpitaban con el paso de los camiones cargados de artillería. Sádico vaivén: a veces, los militares estaban cerca, a veces se escuchaban lejos.

—Juegan con nosotros. Quieren dejar claro que ellos son dueños de todo: se acercan y metemos nuestras cabezas, se alejan y nos asomamos por el caparazón, como las tortugas —reflexionó Jan mirando por la ventana, igual que Heros.

—Ya deberíamos habernos acostumbrado a que anden por ahí —le dijo Ania que estaba parada detrás de él.

—Un día vendrán por nosotros, tal vez para matarnos o para hacernos cosas peores. Hay que estar preparados, no acostumbrados.

—¿Preparados? ¿Y qué vamos a hacer, según tú?

—Se creen los amos —suspiró—. Es muy común pensar que la guerra no existe o que es tragedia lejana, hasta que la vives en carne propia. Yo mismo llegué a creer, como Irena, que nada pasaría en este lado del país. Qué imbécil fui —siguió el hilo de sus pensamientos ignorando las preguntas de Ania.

—No, tú siempre dijiste que vendrían cosas peores.

—El demonio de la guerra, el más vil de todos, está aquí enfrente de nosotros. Míralo —Jan hizo una pausa cuando vio a su hermana marcando la señal de la cruz sobre su frente—. ¿Qué estás haciendo?

—Mamá dice que Dios nos protegerá.

—Mamá dice muchas cosas. Aunque, ahora que lo pienso, sí hay algo que puede librarnos de todo mal, como dice el Padre Nuestro antes del "amén" —concluyó volviendo su mirada hacia la ventana.

—¿Qué?

—El honor. Jamás me agacharé. No importa lo que me hagan. Aun con un fusil apuntándome aquí, en el pecho, mantendré la cabeza en alto. Tendrán que dispararme si quieren volverme a tirar al suelo.

—Cállate, Jan, por favor. Lo dices porque sigues pensando en lo que pasó el otro día…

—¡Ni siquiera te atrevas mencionarlo! —interrumpió furioso, con los puños entumecidos.

Ania se asustó. Por un instante creyó que su hermano le propinaría un golpe. El Jan de otros tiempos había quedado en el pasado, ahora hablaba con amargura y furia.

—No quise incomodarte.

—Perdóname, es que tú no entiendes nada —dijo relajando el semblante—. Hay cosas que las mujeres no pueden comprender.

—Ya apártate de la ventana. Llevas horas ahí.

—No, quiero verlos bien. Aléjate tú si quieres.

Afuera, un grupo de cinco militares caminaba por las calles. Uno de ellos, señalaba a la distancia y después trazaba en una libreta algo que parecía ser un croquis.

9

¿De quién es pues, hijos míos, esta roja, roja luna?

Kobayashi Issa

Los copos de nieve seguían cayendo sobre el pueblo, constantes, ligeros como plumas de gorrión.

Los últimos días de enero congelaron el río y la neblina baja y densa como el vaho de mil demonios enfrió el aire de Komarno que durante las madrugadas calaba hondo. Los pueblos cercanos se seguían vaciando. ¿A dónde iba la gente? ¿O a dónde se la llevaban?, se preguntaba Patryk a sabiendas de que para lograr un escape exitoso necesitaba contactos y dinero y él no tenía ninguna de esas cosas. Había pasado sus días trabajando con las manos, construyendo su casa, el granero, los muebles. Cada ladrillo llevaba algo de su aliento, y todo para que al final la razia se lo devorara como la bestia salvaje que era.

—No se van a tentar el corazón, Dios mío. Nos echarán de nuestra tierra y vagaremos hacia ninguna parte. Padre, ten piedad de nosotros —clamaba Patryk acongojado, lijando tablas inútiles en la carpintería que se había convertido en su refugio—. Bienaventurados los que sufren….

Las súplicas no fueron suficientes. Al octavo día de febrero recibieron la visita que nadie quería recibir.

Eran las tres de la madrugada. Un hombre ataviado de verde militar con una capa gruesa moteada por la nieve se acercó a la propiedad con paso firme para anunciar su llegada antes de tocar a la puerta. Ania, que siempre tuvo el sueño ligero, fue la primera en despertarse. No, no se trataba de otra de sus pesadillas.

—Llegaron —escuchó decir a su padre con la voz estremecida.

Dos hombres de ceño fruncido con sus pesadas armas largas a cuestas aguardaban frente a la puerta. Jan salió apresurado de su habitación, le ordenó a su hermana que se fuera a vestir y enseguida se colocó al lado de su padre cerca de la entrada. Fue entonces cuando Ania advirtió que su hermano dormía con ropa de calle quién sabe desde cuándo.

Tres golpes en la puerta anunciaron la fatalidad.

A sabiendas de que la resistencia haría más dura la circunstancia, Patryk abrió de inmediato.

—¿Patryk Ciéslak? —preguntó uno de los hombres, mientras que el otro aguardaba afuera posando su dedo índice en el gatillo de un fusil.

—Soy yo, señor.

—Usted y su familia tienen quince minutos para abandonar su casa. Serán trasladados a otro sitio —anunció en un comprensible polaco, evitando el contacto visual con Patryk.

—Perdone usted. Quizá se trata de un error.

El uniformado recorrió impaciente la lista que traía en la mano. Soltó un resoplido y enunció conturbado:

—Patryk, Halina, Jan y Ania. Familia Ciéslak: aquí están sus nombres. El sistema no comete errores.

Que el militar pronunciara sus nombres sonaba a sentencia. ¿A dónde nos llevarán? ¿Al bosque? ¿A la fosa común? Se preguntaban unos a otros con la mirada, resignados ante el futuro que les esperaba... si es que lo había. Jan, sin abrir la boca, le respondió a Ania "te lo advertí". Ella dirigió la vista al trineo que estaba estacionado afuera. Sería ese rudimentario artilugio de madera el que los llevaría a quién sabe dónde. "Maldito trineo". Cerró los ojos deseando que al abrirlos ya no estuvieran ahí los soldados. Era un truco que había aprendido para librarse de las pesadillas: si tienes una, aprietas los párpados con fuerza durante el sueño y al abrirlos, habrás despertado, pero resultó peor, pues se dio cuenta de que en realidad no eran dos sino tres los militares que los vigilaban.

—Vayan por sus abrigos. Halina, ve también por el mío, por favor —ordenó Patryk.

—Antes quisiera decirle algo a los señores, si me lo permiten.

Patryk, que entendía que no había nada que hacer, intentó persuadirla de sus intenciones con un discreto gesto.

—Usted dirá —respondió socarrón el soldado que llevaba la lista con sus nombres.

—Me va a disculpar, es que yo tengo los papeles que me avalan como propietaria de esta casa, se los puedo mostrar. Francamente, no comprendo por qué debemos irnos, en la ley se puede leer que...

—¿Qué es lo que no comprende, señora? Esos papeles ya no sirven de nada. Las cosas han cambiado. Por favor, no me obligue a seguir dando explicaciones en polaco. Es muy desagradable.

—Halina, los abrigos, te lo suplico —interrumpió Patryk con la mayor sutileza—. Y tú, hija, haz como tu hermano, prepara tus cosas. Apresúrate.

Ania entró a su habitación por última vez. Se paró en el centro, justo frente al espejo donde solía detener el tiempo cepillándose el cabello antes de dormir. Nadie se pone a pensar qué hay que llevarse en un caso como esos. ¿Una muñeca? ¿Un perfume? ¿Su vestido azul?

Atontada por las prisas y los nervios tomó un abrigo de lana que no atinaba a abotonar con destreza, echó un vistazo por última vez a todas sus pertenencias y se despidió del espacio que había compartido con su hermana hasta el día que se casó. Irena, "¿habrán ido por ella?", pensó con el corazón estrujado. Sus sobrinos, tan pequeños, han de creer que los militares son dragones. Pobrecitos. Pasó su mano por la cama que la había visto soñar dormida y despierta, y le dio un beso a su armario, en el que guardaba los secretos de su juventud recién nacida.

Todo se quedaba. Ella se iba.

Antes de salir, tomó casi por instinto unos retratos de su mesita de noche, entre los que se coló una imagen de la Virgen Negra. "Me llevo lo que cabe en mis bolsillos. Lo demás me lo guardaré en el corazón, de donde nadie podrá arrancármelo", se dijo en tanto se ataba una pañoleta en la cabeza.

—¡Dense prisa! —gritó en ruso uno de los militares.

Primero salió Halina, después Ania y enseguida Jan. Patryk echó llave a la puerta de la casa ocultando su expresión derrotada. Además de lo poco que guardaban en los bolsillos de sus abrigos, llevaban una cafetera y dos cobijas.

Heros ladraba cada vez más ansioso. Ania trataba de alejarlo, aunque sus intentos eran inútiles; él insistía en permanecer al lado del trineo.

—Vamos, Heros, vete de aquí. No me mires así. Vuelve a casa.

El perro no obedecía.

—¡Obedece! Mira que nos tenemos que ir y no quiero que...

—¡Qué es lo que pasa! —intervino el soldado que llevaba el control de las listas.

—Perdone usted, es que el perro de mi hija es muy apegado a ella y... —explicó Halina.

—Claro, claro. Ve a dejar a tu perro a la entrada, niña. Amárralo o haz lo que quieras. Estoy siendo indulgente. Un minuto.

—Vamos, Heros. Te llevaré al porche.

"Hay otro mundo, uno que conocimos y que algún día volverá. Un mundo donde los humanos se portan como humanos y las bestias se quedan en el infierno bajo cerrojo. Un mundo en el que tú y yo volveremos a salir a caminar por el bosque sin miedo a los disparos. Un mundo, mi querido Heros, en el que la gente ha de valorar la vida, ya sea tuya o mía. Pero mientras ese día llega nos tendremos que conformar con el consuelo de que nos conocimos y fuimos muy felices. Cuídate mucho, mi amigo. No, no te voy a amarrar. Huye de los humanos, no confíes en ninguno, mucho menos de los que huelen a pólvora".

—¡Hora de partir! Hacia allá, camarada —indicó uno de los soldados dirigiendo su dedo índice hacia el rumbo que debían seguir.

Ania se subió al trineo a punta de innecesarios empujones.

Heros, sin ladrar, permaneció quieto en el porche viendo a su familia alejarse por el camino níveo, único testigo del llanto de Ania, quien contenía el ruido apretando su rostro contra el regazo de su madre. Necesitaba tanto consuelo. Halina también. Ahí estaban Jan y Ania sufriendo la misma suerte que ella, sin embargo, su corazón desvencijado por la tragedia estaba incompleto. Irena, Mandek y sus tres nietos tenían, en la ausencia, la pieza que le hacía falta.

Esa noche, miles de polacos vivieron el mismo infortunio y fueron llevados a la estación central de Lwow.

EL TRAYECTO

10

A los prisioneros deportados los espera el hambre,
los bombarderos, un trabajo en el subsuelo, incluso
a varios niveles de profundidad. Los esperan los piojos
y las enfermedades. También la añoranza de un país
del que ya no les llegarán noticias.

Seweryna Szmaglewska

Llegaron a la estación bajo las primeras luces de la mañana que coloreaban con tonos sepia los montones de cuerpos incómodamente arrellanados a la orilla de las vías. Entre cobijas, sombreros y pañolones, se adivinaban sus rostros tristes.

Los militares se paseaban como canes olfateando a sus presas, divertidos con el miedo que exudaban.

—¡Hey, tú! ¡Vuelve a tu lugar!

—¡Silencio!

—Ustedes, ¡quietos o les doy un tiro!

—¡Familia Ciéslak, aquí se quedan!

—Mamá, ¿será que nos trajeron aquí para matarnos? —le preguntó Ania susurrando.

—Guarda silencio.

—Mamá…

—¡Shhh! Te van a escuchar. Vamos a sentarnos donde nos dijeron.

Halina extendió la cobija. Tenía la horrible corazonada de que sí, que los llevarían a la espesura del bosque, los formarían en largas líneas y con un disparo a cada uno, terminarían de una vez con la operación para apropiarse de su patria. Suponía que en cuanto llegaran unos cientos más, un tren se detendría como monstruo hambriento frente al festín y los soldados irían llenando los vagones con las vidas que lo habrían de alimentar. La imaginación puede ser muy despiadada con el cautivo.

—Yo oí algo acerca de unos campos de trabajo —murmuró un hombre calvo y retraído que estaba sentado junto a ellos.

—¿Dónde lo escuchó? —le preguntó Jan interesado.

—En la estación de policía. Yo era el escribiente de los reportes y justo el día que llegaron los rusos me tocó descansar. A la mañana siguiente ya estaban adentro revisando archivos, desordenando cajones, tirando máquinas de escribir y archiveros al suelo. Les pregunté qué se les ofrecía y me respondieron con groserías que no era un asunto de mi incumbencia. Quise retirarme, pero me retuvieron a la fuerza cuando se dieron cuenta de que podía proporcionarles información, vamos a llamar confidencial. ¿Cómo iba a negarme si un soldado tenía un fusil apuntándome en la sien?

—¿Y qué pasó después? —lo conminó Jan a continuar.

—Era claro que no me permitirían salir por la puerta. Me vi forzado a darles nombres y domicilios de policías y altos mandos. Soy un traidor —se lamentó—. Los escuché decir que me llevarían a un lugar donde les seguiría siendo útil, pues aunque soy un viejo, todavía puedo cargar troncos. Se echaron a reír. Algo así entendí; todos les servimos para algo.

—Entonces seremos sus esclavos.

—Qué puedo decirte, muchacho. Seremos lo que ellos quieran.

—No es justo.

—Nada es más injusto que la guerra.

—¡Silencio! —intervino un soldado acallando los murmullos y pateando al hombre calvo en la cabeza.

Jan hubiera querido levantarse y reclamar el abuso, pero el instinto de supervivencia lo conminó a encogerse como los demás. Cuando el soldado se alejó, Jan se disculpó con el hombre calvo a quien le corría un fino hilo rojo por la frente.

—Perdone. Lo han herido y a mí no. Los dos merecíamos la patada.

—Te equivocas, ninguno la merecía.

En medio de ese sigiloso barullo, Ania ya no sabía qué la paralizaba más, si el miedo o el frío. Intemperie. Militares fornidos paseándose entre ellos como si caminaran entre basura. Perros que gruñían a la menor provocación de quienes les jalaban la correa. Así, sentada en la delgada colcha que poco aminoraba el frío del suelo, Ania se sentía muy chiquita, muy tonta. "¿Pero cómo pudimos ser tan confiados?", se cuestionó molesta por no haber llegado a la conclusión de que tenían que huir de Polonia antes de que los nazis o los soviéticos los aprehendieran. Cómo pudieron ser tan sordos, si en esos tiempos hasta los perros se creían lobos y aullaban más fuerte. Se les había ido de las manos la oportunidad de escapar de una catástrofe anunciada como acto teatral: esta es la tercera llamada. Miró a su alrededor y se consoló. No solo a ellos les había tomado el despojo por sorpresa: "consuelo de tontos", dedujo.

—Intenta dormir un poco, hija. Ven, coloca tu cabeza en mis piernas.

—Mamá, aquí no puedes ignorarme como cuando me mandabas a la recámara, o a dar un paseo.

—Necesitas descansar.

—Mamá, ¿tú crees que...?

—Hija, por amor de Dios, que no quiero hablar.

—Antes de dormir me dabas consuelo y un beso aquí en la frente...

—Pensar que ese *antes* fue apenas hace unas horas... —expresó sin dirigirse a su hija.

—Pero nuestro corazón se fortalecerá, como dijiste, ¿cierto?

—Espero que el *después* llegue pronto...

Ania se recostó en las piernas de su madre, que ya no hallaba cómo acomodarse para resistir al dolor agudo que se le hincaba en el coxis.

—Te duele. Mejor me levanto.

—No, no me duele. Guarda silencio e intenta descansar.

Necesitaba estar sola. Añoraba un rato de quietud y descanso dónde resguardarse, como cuando se iba a la cocina a preparar la cena con esmero exagerado o cuando bordaba, minuciosa, cada hojita de la flor que adornaría un mantel o una servilleta. La invaluable privacidad del silencio no tenía lugar entre tantas almas aglomeradas. Halina estaba agotada. ¿Qué madre no se cansa de dar explicaciones y palabras de aliento? ¿Qué madre no se cansa de ser almohada?

Llegada la hora de comer recibieron un trozo de pan y agua caliente con azúcar. Fueron autorizados a ponerse de pie por un rato, ir al baño a unas letrinas que en poco tiempo

dejaron de ser útiles, y luego les ordenaron sentarse nuevamente a las orillas de las vías. Al caer la tarde, a las horas en
que el cielo se colorea de escarlata, un silbido se escuchó a lo
lejos. Gradualmente, el trémolo sonido de un tren se fue in-
tensificando hasta que ensordeció a los que, estupefactos, mi-
raban la llegada de la imponente máquina de metal y madera,
roja casi del mismo color que el cielo.

Halina se persignó. Ahí estaba el sello de la condena.

Otros cientos de polacos se sumaron a los que yacían
amontonados en la estación. No recibieron instrucciones de
abordar, sino que llegada la noche durmieron a la intemperie. Apenas había pasado un día desde el desalojo y Ania
sentía como si hubieran transcurrido años desde la última
vez que había reposado en su cama acolchada. Sus endebles
ilusiones de volver a casa se consumieron con el viento que
parecía confabulado con el tiempo cada vez más lento, lasti-
mero, interminable.

¿Y ahora?

¿Y después?

Cuando los últimos grillos dejaron de cantar, Ania recordó que alguien le había contado que el frío era capaz de detener
el corazón. La muerte llegaba entonces como un dulce susurro
hasta la cuna del bebé indefenso: la respiración se aletargaba,
los latidos del corazón se hacían pesados y lentos hasta que el
cerebro perdía su lucidez por la escasez de sangre que llegaba
por sus torrentes. Los músculos flácidos se dejaban caer por
la gravedad. El cuerpo se enfriaba… "Creo que estoy muerta.
Aunque, de ser así, no me dolerían tanto las piernas. Quizá los
cadáveres sí sienten dolor", siguió bajando los escalones de su

77

conciencia hasta el estigio, donde finalmente, se quedó muerta de dormida...

Canciones de cuna.

Lecho de hielo.

Espasmos.

Miedo.

Apenas al alba, los vigilantes ordenaron a gritos que se alinearan en filas para recibir el desayuno que consistía en un pan duro hecho a base de cáscaras de semillas negruzcas y una porción de papas cocidas.

La hilera se extendía al tiempo que llegaban más trineos a la estación cargados de familias incrédulas ante el funesto paisaje al que no tardarían en integrarse. El lugar estaba plagado de hombres, mujeres y niños caminando lento, envarados, con los rostros quemados por la temperatura que, calculaban, era de unos menos diez grados centígrados.

Sus voces se mezclaban:

"Intenta tragar el pan, porque no sabemos cuándo nos vuelvan a dar una ración. Cómelo, no hagas muecas".

"Guarda un poco para el camino".

"No llores, ven, te cargo".

"En realidad no sabe tan mal".

"Cállate, o el soldado va a venir a golpearnos".

Hacia donde dirigiera su atención, Ania advertía el bisbiseo de los afligidos y los asqueados. Quién podía engullir la ración, que se reducía a una nadería, bajo el hedor de las heces y los orines de miles de personas que, habiendo perdido el pudor, hacían sus necesidades en el mismo lugar en que los habían colocado los soldados.

11

Y al partir serán estas mis últimas palabras:
Me voy, dejo mi amor detrás.

Rabindranath Tagore

Diez de febrero por la tarde. Habían transcurrido dos días desde su llegada, que ya se sentían como una eternidad, cuando los militares abrieron las puertas de los vagones y los fueron subiendo de cincuenta en cincuenta. Sin tener la certeza de cuál era el plan que el Ejército Rojo y la NKVD tenía para ellos, los presos abordaron siguiendo la vara del sayón.

Con la punta de sus escopetas, los empujaban para que hicieran más espacio en los vagones. Debían llenarse bien, sin trampas que les permitieran algo de espacio para estirar las extremidades.

—¡Aquí ya son cincuenta, camarada!

—Los niños cuentan menos, mete otros diez.

En el interior no había más que una pequeña ventanilla protegida por una reja de metal que recordaba a las celdas de castigo de cualquier cárcel; en el centro, una pequeña parrilla tenía la titánica labor de brindar calor a los pasajeros y en una esquina, un hueco en el piso hacía las veces de letrina.

Llegó la hora de partir.

El tren exhaló de golpe una densa humareda y la vibración de la máquina se dejó sentir como el rugido de un animal adormilado.

Halina no contuvo el llanto. Se abrazó a sus hijos y a su marido buscando en sus cuerpos algo del olor a hogar, ya no quedaba nada. Jan sobaba la espalda de su madre para reconfortarla, pero no lo logró. Patryk se aferró a su familia como queriendo protegerlos con unas alas enclenques a las que ya no les quedaba plumaje, y Ania metió su mano al bolsillo en busca de la imagen de la Virgen Negra; ya no estaba. Lo único que les quedaba a los cuatro era la permanente angustia por el destino de Irena y su familia. Ania descubrió que cuando su madre permanecía con la mirada perdida y el ceño tenso era porque estaba pensando en ella, y que cuando su padre escudriñaba a la multitud era porque la buscaba; Jan, que se resistía a mostrar flaqueza, no podía evitar acongojarse al imaginársela subiendo al tren con sus niños en brazos, asustados como conejitos acechados por los zorros.

Polonia desaparecía en la distancia.

A algunos de los pasajeros todavía les quedó voz para cantarle alguna triste melodía al compás del tren, que se acompañaba de los rezos de quienes suplicaban el amparo de Dios. El Padre Nuestro se repitió incontables ocasiones como un eco que se silenciaba con el paso de las horas hasta que cayó el ocaso frío, siempre el frío.

La gélida temperatura fue hincándose más que las astillas de las tablas de los furgones. Los prisioneros se juntaban unos a otros para darse calor y peleaban su turno de acercarse a la parrilla, rodeada casi siempre por los más viejos y los más pequeños.

Muchos llevaban cobijas, pero eran insuficientes ante el frío que les calaba los huesos, entumecidos por permanecer tantas horas en la misma postura.

—Jan, ¿te sientes bien? —preguntó Patryk al ver que su hijo no había dicho una sola palabra en horas y permanecía acuclillado.

—Te atreves a preguntarme eso.

—Esto terminará algún día, lo sé.

Jan lo miró como si se compadeciera de él.

—Hace años que dejé de creer en los milagros.

—Debes tener fe. Yo sí creo que...

—"Algún día", vaya.

—Es inútil. No te convenceré y menos aquí —el motor sosegó su marcha—. Ya nos detuvimos. Parece que es hora de la cena.

—Otro día que llegó a su fin.

—Más vale perder la cuenta. Así hace menos daño. Vamos, ponte de pie.

12

No hay ningún viento favorable para el
que no sabe a qué puerto se dirige.

Arthur Schopenhauer

El tren se detenía para la distribución de comida, o más bien
de lo que era el remedo de un alimento, una vez por la mañana y otra en la noche. Con una brusquedad que ya se estaba
normalizando, los presos eran bajados de los vagones para repartirles un pocillo con agua caliente endulzada, un trozo
de pan y una sopa de mal aspecto y peor sabor: era como un
aceite rojizo que se impregnaba en el paladar y ocasionaba
arqueadas. Había que sobrevivir, y para lograrlo era necesario
escuchar más al estómago y menos a las papilas gustativas.

—Tómate el agua al final para que puedas tragar todo con
más facilidad, hija.

—Esto es asqueroso.

—Pero algo de vitaminas ha de tener, huele como a pescado.

—Creo que voy a vomitar.

—No, intenta retenerlo. Respira, así, muy bien. Toma mi
ración de agua también. Exhala, vuelve a inhalar. Exhala…

—¡Si vomitan, se lo tragan! —resonó la voz de un soldado.

Durante el trayecto, Ania, que no podía quitarse el resabio del grasiento bebistrajo, se distraía con las conversaciones de los demás pasajeros. Había un par de mujeres regordetas que imaginaba como unas vecinas simpáticas que charlaban de tendedero a tendedero; sus conversaciones no tenían nada de alegres, pero al menos se agradecía que hicieran el intento de no hablar de la guerra. Intercambiaban recetas de cocina, canciones aprendidas durante la infancia y lugares donde comprar las mejores telas e hilos para la costura.

También llamaba su atención una familia conformada por la mamá, el papá, un bebé de unos tres meses que tenía largos trances de llanto seguido de suaves resoplidos y un niño pequeño, de unos dos años, que se la pasaba durmiendo abrazado del cuello de su papá.

En una esquina había un matrimonio de ancianos que no se soltaban la mano y en otra, unas muchachas que, de no ser porque tenían el cabello y los ojos de distinto color, uno pensaría que eran gemelas. Ania observaba los detalles que las hacían distintas, como en los juegos de los diarios donde hay que marcar las diez diferencias entre dos imágenes. Llevaban el cabello trenzado y vestidos floreados de estampado similar. Una con el cabello marrón y la otra rubio, la chica del cabello rubio tenía los ojos azules y cuando se lograba poner de pie, se notaba que era más alta; la de cabello marrón tenía el cabello más corto y los ojos del mismo color que su trenza. Eran muy bonitas. Las calculaba de unos doce o trece años como máximo.

Los demás no eran más que figuras macilentas que hacían el vagón más estrecho.

Mientras el tren seguía su interminable marcha, Ania se ocupaba en prestar atención a lo que conversaban las dos vecinas que, acabándoseles las recetas y las canciones, comenzaron a debatir sobre la guerra y la ocupación. Dijeron que los primeros presos de los soviéticos habían sido los empleados de la administración pública, luego se habían llevado a los intelectuales, a los escritores, a los investigadores: las mentes más brillantes de Polonia representaban el mayor peligro para el régimen estalinista. Los soldados, que lucharon con tanto valor contra alemanes y soviéticos, también fueron arrestados y eran, según los rumores, los que corrían con la peor suerte.

Entre cuchicheos, otros prisioneros se iban uniendo a la plática. Afirmaban, negaban, se contradecían. Las voces atropelladas se fueron multiplicando como las ramificaciones de un río que dimana de la misma fuente.

—Los nazis son peores que los bolcheviques.

—No diga eso, mire dónde nos encontramos.

—¡Claro! Como no son judíos hablan de lo que desconocen.

—¿Y los ucranianos qué?

—Ellos aman a Stalin. Aplaudieron que entrara a Polonia.

—No sabe de lo que habla, mi padre es ucraniano.

—El mío es judío, ¿y eso qué?

—Eso no lo creo. Además, los bielorrusos también…

—Además, ¿qué? Es increíble que piensen que los soviéticos son buenos.

—Nadie ha dicho eso, pero comparados con los nazis…

—Los dos bandos son criminales.

—Se tragará sus palabras cuando vea en unos años cómo Polonia se vuelve comunista.

—¡No digan estupideces!

—Pues eso es lo que va a pasar...

"Frases mutiladas. Discusiones sin sentido. Parecemos gallinas botaratadas intentando alcanzar el alimento de la mano del granjero. Creen que tienen la razón y ninguno sabe qué es lo que está pasando fuera del tren. Siento tanta lástima por ellos, por nosotros", concluyó Ania, quien giró su mirada hacia la pared del vagón, cansada de la ridícula gresca. "Y pensar que papá me prohibía salir de noche para que no corriera peligros y heme aquí, cautiva sin haber cometido ningún delito, junto a él, a mi madre y a Jan... parece que la lista de la ausencia se está haciendo más larga: Cezlaw, Heros y mi hermana ¿qué será de ella? ¿Se le habrá ocurrido huir? ¿Estará en algún lugar de este tren? ¿O ya habrá llegado a donde nos llevan?".

El bebé que lloraba de tanto en tanto guardó silencio y luego empezó a toser cada vez con más potencia. Los ancianos, pálidos y con los párpados decaídos no resistirían más dentro del tren; se veían frágiles como las alas de una mariposa muerta, pero no se soltaban de las manos. ¿Y eso a quién tendría que importarle? Parecía que ni siquiera la muerte se interesaba en recoger esas almas errantes. Los prisioneros discutían sobre lo que ocurría allá fuera cuando la calamidad estaba presente dentro del vagón, se lamentó Ania, concluyendo que, aunque todos giraran la vista hacia los agónicos pasajeros, no podrían hacer nada más que rezarles el Padre Nuestro.

El cuerpo le dolía pero no más que lo que veía a su alrededor.

Su madre, ida, mantenía la cabeza recargada en la pared sin mover más que los labios; suponía que rezaba por Irena y su familia, como siempre. Su padre cruzaba un par de esporádicas palabras con el hombre calvo que conocieron en la estación y Jan, con la cabeza bajo las rodillas y los brazos, intentaba que nadie se asomara a sus pensamientos. Ania tenía acalambradas las extremidades. Movía la cabeza de un lado a otro, se enderezaba, cambiaba de postura y ni así le dejaban de punzar los huesos. En algún momento intentó rezar como hacía su madre. Reculó porque sus padres le habían enseñado que antes de pedirle algo a Dios, era necesario darle gracias.

Era más placentero dibujar el pasado como lo hacía sobre su almohada antes de dormir, a pesar de la borrasca que revolcaba sus memorias y las teñía de azul: las noches de fiesta en casa, las fechas especiales que se celebraban con tanta trapatiesta, los pasteles de cumpleaños que su mamá decoraba con chocolate y frutas del bosque. Su cumpleaños…

Sto lat, sto lat,
niech zyje, zyje nam.
Sto lat, sto lat,
niech zyje, zyje nam…

Sto lat, sto lat… Cien años, cien años. Que vivas cien años para nosotros. Tarareaba con lasitud el sonsonete de la canción, hasta que un pensamiento la sacudió como una patada en el pecho.

—¡Mamá, mamá! ¿Qué día es hoy?

—No lo sé, Ania. No recuerdo con exactitud.

Un día más, un día menos. La fecha no tenía importancia cuando, en ese tren, todos parecían el mismo dando vueltas como un carrusel.

—Es trece de febrero —contestó el hombre calvo.

"Qué suerte que tu cumpleaños sea trece de febrero. Cuando cumplas quince años le pediré permiso a tus papás para que seamos novios y al día siguiente festejaremos San Valentín", recordó las palabras de Cezlaw. Un picor le cundió los ojos y el corazón se le ablandó de tristeza. Halina, Patryk y Jan se espabilaron y, como pudieron, se acomodaron alrededor de ella para abrazarla al mismo tiempo. Sabían que pensaba en el vestido prometido, en el sabor de su pastel favorito, en el baile que jamás llegó y sobre todo en él.

Las vecinas empezaron a cantar al darse cuenta de lo que acontecía y los demás prisioneros siguieron la melodía a coro: *Sto lat, sto lat, niech żyje, żyje nam…*

Ania, en aquel vagón, acompañada de los prisioneros grises que cantaban al compás del golpeteo de las ruedas del tren contra las durmientes, cumplía quince años.

El cariño de su familia la alejó de la realidad por un brevísimo instante que aprovechó para volver a casa como un pajarito perdido que encuentra su nido y se da cuenta de que está vacío. Qué feliz había sido en Komarno. "Quince años me duró la alegría". De vuelta en el tren recibió aplausos y felicitaciones. Agradeció los gestos con sonrisas distantes. Miró su ropa sucia. Su cabello estaba enredado y tenía las manos llenas de mugre. Ya nada sería igual aun si volvieran. La guerra los estaba acabando desde adentro y paulatinamente, caviló con dolor y se echó a llorar sin consuelo, contagiando a sus padres y a algunos de los pasajeros que imaginaban lo que pensaba aquella muchacha "que tenía toda la vida por delante".

"En estos días he visto casi todos los males del mundo: el caos, el hambre, la enfermedad, la furia. Poco falta para que también presencie la muerte que anda por aquí deambulando, mirando a los ancianos de la esquina y al bebé que respira cada vez con más dificultad, como si jugara a elegir a quién se lleva primero. A mis quince años la guerra me ha herido de gravedad. Me arrancó las ilusiones, me despojó de mi hogar, me alejó del amor. Parece increíble que a esta edad no me quede casi nada que perder".

—El próximo año será como antes.

—¿Lo crees? ¿En serio lo crees, mamá? —replicó Ania.

—Sí, y vas a tener un vestido nuevo, bailarás un vals y hornearé un pastel de frutos del bosque.

—Mi mamá también hacía pastel con frutos del bosque. Me gustaba mucho cuando le ponía chocolate —intervino la chica de la trenza marrón.

—¡Es muy rico! —respondió Halina con tierna cortesía.

—Sí, lástima que ya no pueda hacerlo.

Halina no quiso cometer la indiscreción de preguntar lo obvio, pero la chica rubia completó la historia sin que nadie se lo pidiera.

—Le dispararon. Se resistió a subir al trineo. Les gritó que prefería morirse a dejar su casa. Nuestro papá es soldado y ahora mismo está en el frente, peleando contra los alemanes. Cuando vuelva a la casa se encontrará con que no estamos y con el cadáver de mamá pudriéndose. La odio tanto. Nos dejó solas por defender una casa vacía.

—No digas que la odias, hermana.

—¡Es lo que siento! ¿Era tan difícil subirse al trineo? Ahora está muerta.

La muchacha de la trenza marrón sollozó abrazándose a sus rodillas. Halina le extendió los brazos para que llorara en su regazo, pero reticente, ella se negó a acercase. Cubrió su cara con las manos como buscando privacidad para su dolor y su hermana le pidió disculpas.

"A mis quince años he escuchado las historias más tristes del mundo", se avergonzaba de su propia tristeza que, comparada con lo que habían pasado esas muchachas, era poca.

—No nos queda más remedio que fortalecer nuestro corazón.

—¿Cómo dices? —respondió la chica de la trenza rubia.

—Que si no somos fuertes no vamos a sobrevivir. Tú me lo dijiste, mamá.

Halina asintió extrañada, probablemente porque en ese momento no lo recordaba.

Aquella frase era tan cierta: así como el viento azota los árboles y el mar golpea las piedras de la costa, a ellos los estaba azotando la guerra. Tocaba resistir y dejar de lamentarse. "Hay cosas más fuertes que la guerra", volvió a pensar Ania limpiándose las lágrimas que le quedaban en las mejillas, haciendo a un lado los pensamientos sensibles que invocaban el pasado y conminaban a la autocompasión. Nada de eso le serviría. "Hay que ser fuerte, me lo dijo mamá y me lo dijo Cezlaw. Más fuertes que la maldita guerra", reflexionó flemática y se secó los restos de humedad con las yemas de sus dedos. "Adiós Cezlaw, adiós Polonia".

Aquella fue la última vez que Ania lloró en toda su vida.

13

Muy sentida es la muerte cuando el padre queda vivo.

Séneca

El sol era el único en anunciar con gentileza que pasaba uno, y otro, y otro día, hasta completar semanas.

El tren, que se detenía solo cuando los soldados repartían las míseras porciones de comida, seguía su trayecto rumbo a la región de Siberia. Ya lo adivinaban porque las pistas se asociaban de manera más clara: el frío que se iba recrudeciendo, los dichos sobre los campos de trabajo forzado y la duración del viaje, sempiterna, despiadada…

—¡Mi bebé está muerto! —gritó la mujer interrumpiendo el silencio que se agudizaba conforme bajaba la temperatura.

La aglomeración de gente, que nada podía hacer, echaba oraciones y bendiciones al aire. El padre abrazó a su otro hijo, asustado por los chillidos de su madre que siquiera intentó contenerse. Cómo hubiera podido hacerlo ante el cuerpo inerte de su criatura.

—¡Mi bebé, Dios mío! —sollozaba aferrando el cuerpecito a su pecho como si su calor pudiera devolverle la vida.

—Oh, Santísimo Maestro, concede descanso a esta alma infantil e inmaculada, en un lugar de luz, de frescura, de reposo, Señor, pues eres un Dios bueno que amas a todos, y a ti rendimos gloria, juntamente con tu Padre que es sin origen y tu Santísimo Espíritu, bueno y vivificador, ahora y siempre, y por los siglos de los siglos —clamó un hombre rechoncho de barba abultada que parecía un sacerdote ortodoxo mientras se asomaba por la ventanilla del furgón mirando al cielo, como queriendo ver de frente al Creador.

"Amén", respondieron los demás. Unos por el sentido pesar de ver morir a un inocente y otros por mero respeto.

—Ya pronto detendrán el tren para repartir el desayuno y le daremos sagrada sepultura —le dijo una de las vecinas intentando consolarla.

—¡No, que no me lo quiten!

Ninguna voz se atrevió a contradecir a la madre que seguía meciendo a su bebé acunándolo con sus brazos.

El tren se detuvo. Los soldados que bajaron a los presos del vagón se plantaron frente a la mujer que, arrinconada en el fondo, se resistía a salir por su ración. Estaba aferrada al pequeño bulto inanimado.

—¡Es mi hijo! ¡Tengan tantita piedad!

—¡Fórmate en la fila y cállate! Y si no te controlas, aquí te quedas haciéndole compañía al cadáver —amenazó un soldado apuntándole a la cabeza mientras que otro arrojaba el cuerpo a un montón de nieve.

—No provoques otra desgracia. Él ya está en el cielo —la consolaba su marido—. Dios no quiso que conociera Siberia.

Tras la muerte del bebé, los días continuaron su marcha, idénticos unos a otros, sin mayores sobresaltos que el desmayo esporádico de algún pasajero o la vehemente discusión entre dos o más de ellos, hasta que los ancianos que no se soltaban de las manos también murieron. Ninguno de los presentes hizo escándalo ni lloró cuando se dieron cuenta de que tenían la respiración paralizada. Luego de intentar reanimarlos inútilmente, las dos mujeres que parecían vecinas les cerraron los ojos y todos extendieron una bendición.

—Oh, Santísimo Maestro, concede descanso a las almas de este varón y esta mujer, en un lugar de luz, de frescura, de reposo, Señor, pues eres un Dios bueno que amas a todos —oró el hombre que se autocomisionó como el responsable de dirigir las constantes exequias.

—Se han puesto de acuerdo para irse al mismo tiempo —meditó Halina en sosiego.

—No intentes hacer poesía con la muerte, mamá. Eran dos ancianos muy enfermos, apenas respiraban. Que hayan fallecido al mismo tiempo no es más que una siniestra coincidencia —contradijo Jan sin prestar atención al paupérrimo ritual que se celebraba en torno a los dos cadáveres.

Virgen de Czestochowa ruega por tus hijos,
Virgen de Czestochowa ruega por nosotros…

—Quizá mamá tiene razón, Jan —intervino Ania.

—Lo que pasa es que a ustedes les gusta ver historias de amor en todas partes.

—Pues yo también creo que no es una coincidencia que se hayan muerto al mismo tiempo.

—Y yo lo que creo es que eres una tonta. Sigue fantaseando y déjame en paz —replicó hastiado.

A la hora del desayuno, dos soldados cargaron los seniles cuerpos y los arrojaron al río Volga ante la mirada de los prisioneros cada vez más acostumbrados a ver cómo se iban quedando sus compañeros de viaje en el camino.

—Eran muy viejos, ya se iban a morir de cualquier forma, camarada —dijo uno de los soldados sacudiéndose las manos—. De poco servirían.

Antes de volver al vagón, que cada vez se hacía más espacioso, Ania miró los dos cuerpos en el agua al tiempo que escuchaba a los militares discutir sobre la distancia que faltaba recorrer para llegar a Krasnoyarsk.

SIBERIA

14

Honor y gloria al trabajo, ejemplo de entrega y heroísmo.

Administración Principal de Campos
de Trabajo (Gulag)

Desde que Josef Stalin se alzara como líder de la Unión Soviética en 1924, impulsó la industria usando de mano de obra a los presos que fueron destinados a explotar las minas, construir caminos y talar árboles, entre otras actividades. La dirección de campos de trabajo forzado, conocida como Gulag, tenía un papel relevante en la explotación de recursos naturales en las zonas más alejadas y despobladas del país. En la época de la Segunda Guerra Mundial millones de prisioneros trabajaron para el Gulag, entre ellos los prisioneros civiles no criminales, como los polacos que, al igual que Ania y su familia, fueron expulsados de sus tierras.

A más de tres mil trescientos kilómetros de distancia de Moscú, la ciudad de Krasnoyarsk, enclavada en la región de Siberia, albergó decenas de campos donde se extrajeron metales y se recolectó madera, principalmente. En uno de ellos se detuvo el tren antes de continuar su trayecto. Algunos de los vagones se abrieron y los prisioneros, con dolores de cuerpo y alma, bajaron en medio de la noche y el frío.

Los militares, abrigados con una gruesa capa de lana moteada por livianos copos de nieve, los apresuraron a formar filas interminables: hombres a la derecha, mujeres a la izquierda. El tiempo era dinero y parecía que ellos no querían perder ni un centavo.

Escudriñaron sus pertenencias y, sin importar el frío que perforaba hasta el esqueleto, los despojaron de sus ropas en medio del patio central del campo, iluminado por unas luces amarillentas que surgían desde la torre de vigilancia. A cada uno le entregaron unos pantalones gruesos, una zamarra con un número en la espalda, botas de fieltro, gorro con orejeras, un par de guantes y calcetines gruesos que, según les advirtieron, deberían durar un año.

Una vez ataviados con su deplorable vestimenta, fueron conducidos a una barraca donde, bajo las luces de unos focos igual de mortecinos que ellos, les cortaron el pelo a tijerazos. Ania, presa número 853, vio su cabello inerte como un caído en la batalla. Se le hizo un nudo en la garganta pensando que con él se desvanecía el último vestigio de su juvenil vanidad.

Cuando todos estuvieron listos, fueron dirigidos a su respectivo barracón. Hombres y mujeres por separado. Las embarazadas iban a una zona distinta, al igual que los enfermos de gravedad y los lesionados. Jan y Patryk tenían el consuelo de que Ania y Halina permanecerían juntas y dormirían rodeadas de mujeres.

—Al menos ya no estamos en el tren —musitó Ania cuando vio la cara que puso su madre al entrar a la barraca semillena.

—Mira, ahí en el segundo nivel hay un espacio para las dos. Extiende la cobija.

En realidad, las ásperas tablas de madera no eran muy diferentes a las del piso del vagón del tren, sin embargo, Ania se consolaba reposando su cabeza en la zamarra y los jergones tupidos de piojos y chinches.

—Lo mejor es que ya no tenemos que escuchar la máquina del tren retumbando todo el tiempo en nuestras cabezas: tac, tac, tac —le dijo a su mamá intentando consolarla, pareciendo convencida y entera—. Por suerte los piojos no hacen ruido.

Halina, que tenía muy pocas ganas de reírse, liberó una ligera sonrisa.

Las barracas eran unas pocilgas oscuras de madera en forma de rectángulo coronadas por un tejado. Sus paredes enclenques apenas servían para detener al viento; las grietas que se formaban entre las comisuras eran las únicas ventanas. Había dos niveles en las literas cubiertas de jergones y cobijas roídas, pero el techo era tan bajo en ambos que los presos tenían que encorvarse para sentarse sin golpear su cabeza, ya fuera con la cama de arriba o con el techo. No había tuberías ni calefacción. Para ir al baño debían usar bacinillas o salir a las letrinas insuficientes ante la cantidad de personas que habitaba el campo. Y para calentarse, los prisioneros habían aprendido a improvisar pequeñas fogatas en vasijas de metal.

Cada barraca estaba alineada como ficha de dominó alrededor del patio central desde donde emergía una torre de vigilancia que tenía a sus pies una construcción de tabique, hecha con materiales de mucha mejor calidad, donde descansaban los vigilantes y soldados. Los que habían entrado o asomado, contaban que el piso era de madera, había sofás de piel y botellas de licor llenas y vacías.

En una casa fuera del enrejado que abarcaba una gran extensión del campo, pero cerca de él, vivía el jefe en un espacio cómodo y misterioso.

La nieve, que durante los primeros días de marzo alcanzaba el metro de altura, y la neblina de la madrugada que formaba una espesa cortina, envolvían el campo dándole un aspecto tétrico. Estaba prohibido apagar los cerosos focos que pendían de los techos de los barracones. Así, en la semioscuridad, los recién llegados susurraban y lloriqueaban frente a los que tenían más tiempo en el campo. Respiraciones entrecortadas. Llantos. Todo allí se asemejaba a un funeral eterno.

Compungida, Halina frotaba los brazos de su hija sin que ella se lo hubiera pedido.

—Basta, mamá. Estoy bien.

—Necesitas calentarte.

—En serio, recuéstate y trata de dormir.

—Hay un mundo más allá de todo esto —susurró Halina.

—Mamá, tranquilízate.

—Va a pasar. Todo esto va a pasar...

—Mientras tanto haremos todo lo posible por permanecer juntos. Cuando bajamos del tren y antes de que nos separaran, Jan me mostró el lugar donde nos encontraremos en cuanto sea posible... Mamá, ¿me estás entendiendo? Probablemente mañana nos pondrán a trabajar y en cuanto tengamos un descanso nos reuniremos para saber que estamos bien.

Era inútil. Halina no escuchaba.

—Duerme, hija, aquí estoy para protegerte —dijo a Ania, que concilió el sueño más que por la comodidad de la litera, por el agotamiento de sus extremidades que jamás se acostumbraron al reducido espacio dentro del tren.

Al cabo de un rato ella también logró dormirse. Ansiaba que volviera a salir el sol para salir de la barraca y buscar a Irena.

Una estruendosa alerta retumbó desde la torre de vigilancia justo a las seis y quince horas de la mañana.

—¡Tienen diez minutos para salir al patio y formarse en grupos! —se escuchó la orden en ruso desde la bocina que coronaba el patio.

Una mujer de unos ochenta años, muy delgada, de cabello blanco y los ojos blanqueados por las cataratas, se levantó de su camastro como si despertara de un sueño reparador en cualquier hotel de lujo.

—Buenos días tengan ustedes. Me llamo Olga. Mucho gusto a las nuevas integrantes de esta, la barraca número diecisiete.

Se estiró como un felino retozón y se vistió sin prisas para seguir hablando con las mujeres que se vieron los rostros por primera vez.

—En cinco minutos nos dirán que solo nos quedan cinco, por supuesto. Después iremos al patio. Nos dirán lo que toca hacer y nos agruparán en cuadrillas. Normalmente a las más jóvenes y a las más viejas las mandan a tallar árboles para extraer resina. Las más fuertes talan árboles y los apilan, al igual que los hombres. Las pequeñas pelarán papas. Yo también pelo papas, las cataratas me salvaron de seguir trabajando en el exterior —dijo con tono de charla de café.

—Parece que usted ha estado mucho tiempo aquí —le comentó una mujer que se colocaba la zamarra con prisa.

—Me arrestan y luego me liberan, cariño.

—¿Cuántas veces la han traído? —preguntó una muchachita irreconocible para Ania sin su trenza dorada.

—Todas las veces del mundo —contestó risueña—. Ya les platicaré un día. Ahora, lo importante. Escúchenme bien: apréndanse la ubicación de su barraca. No se entretengan buscándola a la hora de regresar. Memoricen las caras de sus compañeras y, más importante aún, ¡no se atrevan a deambular solas por ahí! Es muy peligroso. Si siguen las instrucciones estarán más seguras.

—¡Cinco minutos!

—¿Lo ven? Vamos, deprisa.

Las pesadas zancadas de los soldados, cubiertos con lana y pieles, replicaban por el patio en el que se iban formando los prisioneros abriéndose paso entre las veredas atestadas de hielo y nieve.

Un oficial tomó el mando de la diligencia y anunció las disposiciones:

—Se dividirán en cuadrillas. Unos talarán árboles, otros sacarán la goma de los troncos. Estas personas —señaló a un grupo de diez civiles que observaban a los prisioneros con parco semblante— vigilarán que cumplan con las cuotas. Al final de cada jornada recibirán un kilo de pan, los niños trescientos gramos. Cumplan y tendrán beneficios, no lo hagan y aténganse a las consecuencias. El jefe del campo estará observando siempre el trabajo de todos ustedes, no lo defrauden, no defrauden al líder de esta gran nación, el camarada que…

Todos temblaban de frío. Ania, que poco entendía de ruso, se distrajo y vio en un poste el termómetro que indicaba menos treinta grados. Con razón le dolían las mejillas. Sentía un intenso hormigueo que no se le quitaba ni apretando los puños bajo las mangas de la zamarra. "¿Me habré equivocado? ¿Treinta grados bajo cero?". Miró de nuevo. No, no se había equivocado. Mientras el oficial continuaba nombrando a los que tenían que hacer una y otra labor, ella se dedicó a recorrer el campo con la vista, y fue entonces cuando vio con el rabillo de su ojo izquierdo a un muchacho muy parecido a Cezlaw entre el tumulto que caminaba con pesado sosiego entre la nieve para agruparse en una cuadrilla que iría a talar árboles.

—Mamá, creo que ahí está…

—¿Irena?

—No, Cezlaw.

—¿Dónde?

—Por allá.

—Silencio, ahí vienen los vigilantes.

Uno de ellos tomó a Ania del brazo y la empujó hacia el grupo de los que se encargarían de raspar los árboles.

—Aquí están tus utensilios: cuchillo y cubeta. Tu trabajo es raspar los troncos de aquella fila. Son unos seiscientos árboles. Puedes descansar cuando anunciemos que es hora de comer. ¡Vamos! ¡A trabajar!

Los primeros en marchar a su lugar de trabajo eran los leñadores que debían internarse entre cinco y siete kilómetros en medio de la taiga, seguidos de los encargados de tallar los troncos para extraer la resina. Luego, partían los que hacían trabajos administrativos, los que laboraban en la cocina y en el dispensario. Al final, los que iban a la barraca destinada a pelar papas y almacenar alimentos.

Halina, Patryk y Jan fueron agrupados en distintas cuadrillas para talar árboles y apilarlos en decenas. Jan fue de los primeros en ir hacia donde debía cortar troncos y cargarlos junto con otros cuatro hombres, dos de ellos jóvenes como él y dos más de unos cincuenta años. Pese a que la nieve cubría sus rodillas, caminaba apresurado para mantener el calor del cuerpo.

—Muévete para que no se te congelen las extremidades, y cuando lleguemos te enseñaré a cortar los troncos —le dijo uno de los hombres mayores en un polaco rusificado que revelaba sus años de trabajo para el Gulag.

—No se moleste, sé cómo hacerlo.

—¿Ya has estado aquí?

—No, es la primera vez.

—Entonces, ¿cómo sabes de lo que hablo?

—Soy carpintero.

—¡Silencio! —gritó el soldado que vigilaba su cuadrilla.

El hombre mayor puso su dedo índice en los labios para que Jan obedeciera la orden y siguieron su camino.

El trabajo era mecánico y no permitía distracciones: un tronco mal cortado, una caída mal calculada y se provocaba un accidente de funestas consecuencias. Mejor para Jan, que ya no quería seguir discurriendo sobre lo que le resultaba tan irritante: "¿Qué hacemos aquí? ¿Por qué Dios no escuchó los ruegos de mamá? ¿Qué harán con nosotros cuando ya no nos queden fuerzas para seguir trabajando?". Si así eran las preguntas era mejor concentrarse en el esfuerzo físico. Al menos con los músculos calientes podría soportar con mayor facilidad las inclemencias del clima siberiano.

Caminando en la taiga, Ania tuvo una extraña sensación de alegría al pensar que quizá Cezlaw sí estaba en el mismo campo. "Entonces no logró escapar. ¡Pero qué mala soy, cómo me atrevo a sonreír!".

La hilera de pinos y abetos era inmensa.

El vigilante de su cuadrilla la paró frente a un tronco y le ordenó que trabajara. Ania vio hacia lo alto, no alcanzó a distinguir la punta del árbol. "Apenas te rasparé los pies", dijo frente al gigante y tomó el cuchillo. Era imposible maniobrarlo con los mitones puestos. Se los quitó y en menos de un minuto ya tenía las palmas enrojecidas como si las hubiera puesto sobre las brasas. Se los volvió a poner. El cuchillo se le resbalaba hasta que pudo sostenerlo poniendo mucha presión en su pulgar. Los brazos empezaron a dolerle, y eso que no había logrado siquiera atravesar la corteza del árbol.

El ruido de los filos raspando los troncos contiguos pronto agotó sus tímpanos casi hasta la desesperación.

"Crac, crac, crac".

"¡Deprisa!".

"Crac, crac, crac".

"Señor, me sangran los dedos".

"¡Anden, holgazanes!".

"Crac, crac…".

Luego, el goteo aceitoso de la resina en las cubetas.

"Toc, toc, toc".

—¿Y tú? ¿Es que nos quieres tomar el pelo? —refunfuñó el vigilante encarando a Ania, que se había detenido para sobarse las manos.

—No, no. Es que por más que intento no puedo sostener bien el cuchillo —respondió, comprendiendo a medias lo que el vigilante acababa de decirle en ruso.

El vigilante hizo un arco con los ojos. Le arrebató el instrumento y le explicó de mala gana cómo hacerlo: debía raspar el tronco y cuando encontrara la resina, era momento de clavarle una cuña en forma de "V" que serviría para que resbalara a un recipiente de metal.

—Así lo tienes que hacer con los troncos hasta completar, por lo menos, una cubeta grande, ¿alguna duda?

—No, señor.

—Entonces, date prisa.

Ania perdió la noción del tiempo. Creía que habían pasado tres horas cuando en realidad solo transcurrió una.

La nevada, que se apaciguó durante un rato, volvió a caer espesa justo cuando anunciaron que era hora de repartir las porciones de pan, sopa y té. Si la cuadrilla cumplía con las cuotas exigidas, recibían una ración completa, de lo contrario, no les daban sopa.

—Tómate primero el té, rápido, aunque te queme los labios, porque el pocillo no tarda ni un minuto caliente —aconsejó una de las integrantes de su cuadrilla.

El pan, húmedo por la tormenta de nieve, se convirtió en una masa que Ania no fue capaz de tragar. Estuvo a punto de tirarla al piso. De inmediato recuperó la cordura y guardó el trozo entre la zamarra. Lo que le resultó imposible fue comerse la sopa con olor a col y pescado, que ya era un bloque de hielo pegado al traste de madera.

—Te hace falta experiencia. Ya aprenderás a comer en menos de un minuto.

—¡Claro que me falta experiencia, señora! Es mi primer día en este infierno.

—¿Le llamas infierno a esto? ¿Y en dónde ves las brasas?

Tras la breve pausa, regresaban a su puesto de trabajo hasta las cinco o seis de la tarde, cuando volvían a sus barracas. Era increíble que la esperanza de entrar a su zahúrda fuera lo que mantuviera el ánimo de los prisioneros. La barraca era el miserable paraíso de los desesperanzados que no conservaban otra ilusión que la de recostarse en sus camastros a hacerle compañía a las chinches.

Antes de entrar, Ania se acercó al sitio que Jan le señaló como punto de encuentro. Ahí estaba él, torvo, indiferente al frío, como si hubiera vivido unos veinte años de golpe.

—Pensé mucho en la plática que tuvimos un día que estabas parado frente a la ventana de la casa. No hay forma de que nos acostumbremos a esto, Jan.

—De ninguna manera.

—¿Cómo fue tu primer día de trabajo?

—No lo sé, como el de todos, supongo.

—Vaya, pues no te ves tan cansado como los demás.

—Soy carpintero, Ania. Estoy acostumbrado al trabajo físico. No como tú.

—Mira mis manos. Me arden las cortadas y el frío las puso tan rojas que siento que me van a reventar. No puedo estar más tiempo en la intemperie.

—Al menos ya no nieva. Hace un rato era imposible siquiera ver. ¿Y mamá?

—Supongo que ya está adentro.

—Vamos, te dejo en la entrada de tu barraca y yo me voy con papá. Él también está adentro. Lleva rato intentando ablandar un trozo de pan.

Ania encontró a su mamá tiritando bajo los jergones. Se le acercó para darle la noticia de que se había encontrado con Jan y que estaba bien, aunque como siempre, había sido muy corto de palabras.

—¿Y tu padre? ¿Has podido verlo?

—No, pero dice mi hermano que está bien.

—Gracias a Dios —dijo mientras Ania hacía muecas intentando tragar un pedazo de pan que le raspaba la garganta.

—¿Gracias a Dios?

—Sí, hija.

—Claro, hay que agradecerle —respondió irónica, paseando la vista por el estrecho espacio en donde también intentaban descansar unas niñas que, como ella, no tenían la culpa de haber nacido polacas.

El viento que se colaba entre las raquíticas paredes agrietadas resoplaba como si fuera el chillido de un animal moribundo. Las mujeres que estaban paradas alrededor de la parrilla estiraban sus manos frente a las brasas inútilmente. Ahí también se encontraba la mujer que había visto cómo el cuerpo de su bebé había sido arrojado en medio de la nieve. Ante esas imágenes desgraciadas, Halina decía que le daba gracias a Dios.

—Y cada noche le seguiré pidiendo que esta prueba termine pronto.

—Mamá, yo… no, mejor olvídalo.

—Dime, Ania.

—No, ya ha de ser tarde. Prefiero descansar.

—No, muchacha, no es tan tarde. Recién dieron las ocho y media. Aquí en Siberia oscurece muy temprano, y más cuando es invierno —interrumpió la vieja Olga que ocupaba la litera de abajo.

—Estoy tan agotada. Me duele todo. Principalmente las manos.

—Cinco horas de luz, seis cuando mucho.

—Quizás es mejor así para que no veamos en dónde nos metieron.

—A que no has visto la puesta de sol.

—¿Cómo? —respondió Ania arrugando la nariz.

—Que dices eso porque no te has fijado en la puesta de sol.

—Francamente, no… yo…

—Fíjate bien. —La interrumpió y tras aclarar su voz con un carraspeo, declamó como si estuviera sobre una tarima—. Es como si los árboles esperaran el beso del cielo, primero rosa, luego anaranjado y después granate como los labios de una mujer que se arregla para la cita con su enamorado. La niebla, baja durante el día, se va disipando y deja sus troncos desnudos para que reciban la luz encendida del sol que los va envolviendo, como si con esos minutos de franca intensidad Dios, el Dios del que tanto habla tu madre, quisiera compensarles por haberles hecho nacer en el lugar más recóndito del mundo.

La vieja Olga tenía sus ojos de nube salpicados de escarcha y la voz empezó a temblarle. Cuando no pudo seguir con su descripción guardó silencio bajo los livianos sollozos de sus pulmones debilitados por la edad y el trabajo forzado.

Todas callaron, hasta que la chica irreconocible sin sus trenzas color marrón, se atrevió a elogiar a la anciana.

—Qué bonito habla usted. Me gustó mucho lo que dijo. Yo no puedo verlo porque donde pelamos las papas no hay ventanas, pero ahora me lo puedo imaginar. Ha de ser muy hermoso el cielo a esa hora. Algún día, cuando tengamos un descanso, me quedaré afuera a verlo con los mismos ojos que usted.

—Eres muy dulce, chiquilla. Mira, ya me hiciste sonreír.

—A mí también me gustó —replicó Ania.

—Y a mí —se escuchó decir a otra mujer.

—Presten atención a lo que les voy a decir porque es verdad: la belleza es un ángel que merodea hasta en los pasillos del infierno.

—Hace unas horas pensé lo mismo. Mire que llamarle infierno a Siberia… —comentó Ania recordando su breve conversación con la mujer de la cuadrilla.

—No eres la primera, muchacha. A todos nos ha pasado ese calificativo por la mente y pensamos en la ironía: infierno de hielo. No te dejes vencer, aférrate al ángel de la belleza, invócalo ahora más que nunca. No sea que pierdas el rumbo y caigas en el más profundo de los abismos: el de la absoluta desesperanza. La muerte por desesperanza es la más terrible de todas.

La ventisca que se colaba entre las grietas de la barraca no dejaba dormir a Ania, que en su segunda noche no se acomodaba en los tablones y las colchas infestadas de alimañas.

La barraca se quedó en silencio bajo la luz ambarina del foco que pendía del techo.

"Entonces el demonio confabuló con Hitler y con Stalin para que nos trajeran aquí a cumplir un propósito que desconozco y quizá no es de mi incumbencia. Es que no puede ser que Dios permita semejante desgracia. Eso me hace suponer que Dios no escucha a sus fieles pero el demonio, sí. *No nos dejes caer en la tentación...* Vamos, Ania, sigue rezando. No caigas en la trampa. Es que estoy tan confundida. Ángel, ángel mío, ángel de la guarda, no me desampares. ¿Cuál ángel? El único que podría andar por estos rumbos es Luzbel".

15

Bienaventurados los pobres en espíritu, pues de ellos es el Reino de los Cielos. Bienaventurados los que lloran, pues serán consolados. Bienaventurados los humildes, pues heredarán la tierra. Bienaventurados los que tienen hambre y sed de justicia, pues ellos serán saciados. Bienaventurados los misericordiosos, pues recibirán misericordia.Bienaventurados los de limpio corazón, pues ellos verán a Dios. Bienaventurados los que procuran la paz, pues ellos serán llamados hijos de Dios. Bienaventurados aquellos que han sido perseguidos por causa de la justicia, pues de ellos es el Reino de los Cielos.

Jesús de Nazaret

Le sorprendió que su cuerpo se fuera acostumbrando al trabajo forzado bajo el frío. La piel se le curtió formando costras rojizas en sus mejillas. Donde antes tenía cortadas ahora había callos y sus pies, que en otros días se torcían acalambrados, resistían mejor las largas caminatas en la nieve. Hasta la comezón de los piojos le irritaba cada vez menos.

Sin embargo, había una parte de su cuerpo que no lograba adaptarse a esa nueva vida: su estómago. Ania añoraba comer, no solo para saciarse, sino para volver a hacer uso de sus papilas gustativas que tanto echaban de menos el sabor del chocolate, las frutas y la miel.

Jan trabajaba con la misma o quizá más intensidad que el primer día. Su motivación no era la de recibir la ración de alimentos completa o ser premiado con un día de descanso, como los demás prisioneros del Gulag. Lo que él ansiaba, en realidad, era demostrarse a sí mismo que no iba a doblar la espalda por más macilenta que esta estuviera.

Talar, arrastrar, cargar, apilar.
Talar, arrastrar, cargar, apilar.
Talar, arrastrar, cargar, apilar...
Levanta la mirada y no te dejes intimidar por el vigilante
que alza la ceja cada vez que te ve.
Hoy yo estoy aquí, mañana quién sabe.
Mientras tanto, tala, arrastra, carga, apila. Deja que pase
el tiempo al ritmo que le dé la gana. Que pase, pero no
por encima de ti.
Talar, arrastrar, cargar, apilar.

Los pesados sonidos de la faena callaban las quejas de Jan. Todos esos conflictos que tenía en la cabeza hibernaban apenas agarraba el hacha y despertaban cuando se formaba en la fila para recibir su ración de pan. Entonces se desataba el pensamiento del hombre libre que se consustanciaba en él: "Las cadenas no pueden someter mis ideas".

Talar, arrastrar, cargar, apilar... esperar.

La primavera llegó a Siberia con una ola de mosquitos a cuestas.

El termómetro había alcanzado los cinco grados y la nieve derretida quedó como agua encharcada, formando un lodazal. Los días, un poco más cálidos y luminosos, revestían con parsimonia los troncos de los árboles que eran talados y raspados. "Seiscientos troncos. Uno, dos, vamos por la decena. ¿Cuántos seremos en el campo? Difícil saberlo cuando mueren docenas de prisioneros el mismo día que llega otro tanto. Tan solo en mi barraca somos veinte, a veces quince. Seremos cien, o doscientos, quizá más. La vieja Olga calcula unos trescientos en este campo, pero ¿cómo lo sabe si tiene esas cataratas? Pobre vieja, vive detrás de la niebla de sus ojos", pensaba Ania sacudiéndose los mosquitos que no se le alejaban de la cara ni cuando se la embadurnaba con chapopote.

Los días seguían su trémula rutina, como los engranajes de un reloj oxidado. Se despertaban a las seis y quince de la mañana para el pase de lista; un soldado enumeraba a todos los prisioneros y después marchaban las cuadrillas.

Cada dos semanas entraban a unos galpones de madera en los que había tinas con agua que sacaban con unos pocillos para darse un baño. Los hombres se rasuraban de manera obligatoria la cabeza y barba para evitar, según la administración del campo, la proliferación de piojos, en tanto que las mujeres tenían el cabello corto al ras.

Pronto aprendieron algunos trucos para engañar el hambre, como guardarse en los bolsillos migajas que ayudaran a distraer el paladar u olfatear entre las plantas para hallar hongos comestibles y frutos que se pudieran deshidratar y conservar hasta el próximo invierno. Aprendieron también a cazar ratas despistadas durante la jornada y a escóndeselas en la zamarra para cocinarlas llegando a la barraca.

"Me estoy convirtiendo en un animalito salvaje. Me como la sopa atiborrada de moscos, ya no rechazo el pan que parece lija y muevo la crin como los caballos cuando se espantan las moscas, para ahuyentar los insectos que no tardan en aletearme por los ojos, la nariz… el hocico. Sí, soy un animalito salvaje sin hogar y sin recuerdos".

—¿Cómo lo lograste?

El corazón le dio un vuelco, ni los oídos, la memoria y mucho menos el pecho le fallaban. Esa voz que escuchaba tras ella bajo un suave vaho con olor a niño era de él.

—¡Cezlaw! ¿Qué estás haciendo aquí?

—Lo mismo que tú, supongo.

—Es obvio que… no me refiero a eso, es que… —titubeó por la impresión.

—¡A que pensaste que no me volverías a ver!

—Sí, eso pensé. Un día creí verte. Luego supuse que lo había imaginado.

—Aún no puedo acostumbrarme a este lugar… ¿cómo lo haces tú?

—No sé. Hago lo necesario para sobrevivir, igual que todos —respondió Ania, sin dejar de trabajar para no llamar la atención.

—¿Lloras?

—¿Qué dices?

—Que si has llorado.

—No seas ridículo, Cezlaw. Y ya vete. Los vigilantes no tardarán en pasar por aquí.

—Ania —insistió.

Nerviosa, prefirió no seguirle el juego. Giró su mirada hacia el tronco y siguió raspándolo con vigor haciendo oídos sordos.

—¿Qué quieres?

—Hace poco cumpliste quince años.

—Lo sé, ¿y eso qué?

—Teníamos una promesa.

—Lo sé, Cezlaw. He aprendido a ser fuerte.

—No me refería a eso —agachó la mirada decepcionado—. En fin, hasta luego. Pero antes, debo pedirte una cosa. Pase lo que pase y veas lo que veas, no tengas miedo.

—No sé qué más nos podría pasar.

—Con seguridad hay gente que está sufriendo mucho más que nosotros.

—Entonces haz como mi mamá, ve y dale gracias a Dios por eso.

—Veo que es inútil. Me tengo que ir.

—Adiós.

Mientras raspaba el tronco hasta atravesar su corteza, Ania se percató con aflicción de que no había sentido la felicidad que hubiera imaginado al encontrarse con Cezlaw, es más, podía decir que ni siquiera la sorpresa le había arremolinado un poquito el corazón o devuelto la vitalidad a las mariposas de su estómago que cada miércoles se agolpaban entre sí cuando sabían que el muchacho estaba por llegar, siempre con una caja de chocolates, a su casa en Komarno.

Cómo era posible que ni siquiera hubiera intentado abrazarlo o aproximar sus manos a las suyas. Era como si no fuera ella, como si viera su vida pasar desde las copas de los ingentes árboles ocultos bajo la grisácea neblina de Siberia. El alma se le había desprendido del cuerpo, a tal grado que le había sido imposible reaccionar como en otro tiempo.

"Dos árboles y termino. Basta de sensiblerías. Tengo hambre. El estómago ha suplido al corazón. Aquí en la taiga es el hambre la que me mantiene de pie como estos árboles que aguardan temerosos la llegada del serrucho. Aquí qué vale la amistad, o el cariño, o el amor. No más que el hambre. Cuando me pregunten: 'Hola, ¿cómo te sientes hoy?', en vez de responder bien, mal, diré: 'Igual de hambrienta que ayer o menos adolorida que hace una semana'".

Lo verdaderamente importante era cumplir la cuota, lo demás eran nimiedades. Embebida en la presión de llenar la cubeta a tiempo, ignoró los gritos de los vigilantes que anunciaban el fin de la jornada. "Un poco más y termino". La cuadrilla ya había iniciado su camino hacia la zona central del campo como una manada guiada por la vara del pastor.

Ania terminó de raspar el tronco; la cubeta estaba llena. Vio a su alrededor, no quedaba nadie. Se apresuró para alcanzar a su grupo y fue esa celeridad la que le jugó una trastada casi al final de su trayecto. Cuando se formaban las filas ante los repartidores de pan y sopa, se le enredaron los pies y la debilidad de su cuerpo exhausto se desvaneció frente al guardia en jefe, el Oso. Le decían así porque cuando hablaba, arrugaba la nariz como los úrsidos al sacar los colmillos para intimidar a su presa. Como un animal salvaje, recorría el campo a la caza de indisciplinados y rebeldes con los que alimentaba sus placeres sádicos. Tenía poco tiempo liderando ese campo, un par de semanas a lo mucho, y ya le había propinado varias palizas a los enclenques cuerpos encorvados en el suelo protegiéndose como las cochinillas. Sus ojos redondos, pequeños y azules, enmarcados por unas hondas cuencas, estaban siempre encendidos como los faroles que iluminaban como péndulos todos los rincones del campo. Era más bien bajo de estatura, sin embargo, su sombra era densa y alargada. Nadie recordaba su nombre, pero era sabido que aquel infame guardia que disfrutaba torturando principalmente a los polacos también era polaco.

—¡De pie!

—Sí… sí, señor.

—Tu estupidez le va a costar muy cara a tu cuadrilla. No van a llegar a la meta y sabes lo que eso significa.

El cuerpo de Ania no dejaba de temblar. El miedo le entumeció la mandíbula y le cerró la garganta.

—¡Te estoy hablando! ¡Mírame cuando te hable!

—Sí, sí —balbuceó.

—La reducción de la ración de alimento. El Gulag compensa el trabajo arduo. ¡Escuchen todos! —vociferó el Oso rodeando adusto a Ania, que tenía la mirada clavada en el piso bañado de resina—. El individuo tiene dos ojos. El partido tiene mil. El partido ve siete estados, el individuo ve una ciudad. El individuo tiene su hora, pero el partido tiene muchas. El individuo puede ser aniquilado, pero el partido no puede serlo. Porque es la vanguardia de las masas, y lidera su lucha con los métodos de los clásicos, que emanan del conocimiento de la realidad.

Al declamar las palabras escritas por el poeta Bertolt Brecht, erguido, con los brazos hacia el cielo, el Oso parecía más fornido de lo que era, sobre todo si se comparaba su figura con la de los prisioneros encorvados por la desazón o las enfermedades.

El Oso guardó silencio e inmediatamente sacó una libreta y anotó el número que se leía en la zamarra de Ania.

—Número 853, dos días en la celda de castigo.

—¡No!

—¿Quién ha dicho eso?

—Yo... yo, señor. Halina Ciéslak, madre de la muchacha.

Con un gesto de extrañeza, el Oso hizo una seña con el dedo índice para que se acercara a él. Disfrutaba mucho la escena trágica que se desarrollaba en medio de lo que consideraba una obra absurda en la que un padre trata de salvar la vida de su hijo por un amor que en el campo parecía no tener sentido.

—¡Qué tonta eres, mujer! —imprecó como si con ello sacara el vómito que le producía náuseas—. Vayan a sus barracas, yo iré en breve... ¡Ahora! —gritó arrugando el ceño y enseñando los colmillos.

Como era de esperarse, ninguna recibió su ración de pan. Fueron las primeras en llegar a la barraca y en silencio se sentaron una al lado de la otra imaginando lo que podría significar el encierro en una celda de castigo.

—Hubiera sido mejor que no hablaras, mamá.

—He escuchado tantas cosas de la celda.

—Quizás ninguna es cierta.

—O quizás todas lo son.

Poco a poco, las presas fueron ocupando los espacios hasta que la barraca se llenó. Halina no dejaba de mirar hacia la puerta, respiraba hondo y retenía el aire lo más que podía como si con él se le hincharan los pulmones con la valentía que iba a necesitar para afrontar lo que seguramente culminaría en un severo castigo.

—No vamos a ganar nada con lo que hiciste, mamá. El Oso no tiene piedad ni de su…

—¡Silencio! Escucho algo —interrumpió Halina.

Las otras mujeres también guardaron silencio. Sí, ahí venía. Sus pisadas de animal robusto siempre lo delataban.

Entró a la barraca y se plantó frente a las prisioneras. Sabía que su silencio le ponía puntos suspensivos a la tormentosa circunstancia y por eso lo alargaba intentando contener su sonrisa maliciosa.

—¡Número 851!

Halina se levantó rápidamente. Sus manos temblaban.

—Aquí, señor —respondió con la voz en un hilo.

El Oso olfateó gustoso el miedo de Halina y de todas las demás que lo eludían para no llamar su atención.

—Pagarás tu insolencia y la torpeza de tu hija. Tres días en la celda de castigo. Vamos.

Las manos de Halina dejaron de sacudirse. Tomó su zamarra y salió de la barraca sin mirar atrás. El Oso salió enseguida, no sin antes echar otra mirada a las mujeres y detenerse, concupiscente, en las niñas, que en otros tiempos eran poseedoras de unas hermosas trenzas.

16

Dios no puede castigarnos siendo justo y si no es justo no es Dios y, dejando de ser Dios no hay para qué temerle ni obedecerle.

John Milton

Sin poder soltar el llanto, Ania sentía una extraña mescolanza de alivio y pesadumbre cuando el Oso decidió mandar a su madre y no a ella a la celda de castigo. El sacrificio de mamá le había devuelto incompleta el alma.

—Hay muchos osos en el bosque, pero ese polaco es más salvaje que todos ellos juntos —se quejó la vieja Olga desde su camastro percibiendo la aflicción de Ania.

—Es que ese no es oso, es una bestia —intervino una mujer cuyos incipientes cabellos la delataban rubia, que se encontraba recostada en la parte baja de la litera, con la mirada oculta, pegada a una de las paredes de la barraca.

—Los osos del bosque cazan por hambre, este lo hace por placer.

—Qué más da. Estamos a su merced —dijo Ania cabizbaja.

—No te aflijas, que nada ganas. Tu madre volverá, ya verás.

—¿Cómo estás tan segura, anciana? La celda de castigo, tú la conoces —vociferaba la mujer rubia con la mirada puesta en la pared.

—Olga, ¿usted ha estado ahí? —preguntó Ania.

—Y aquí estoy, muchacha, mírame. Entera y lúcida.

—Me da tanto miedo lo que le pueda hacer ese oso a mi mamá.

—Hace muchos años hubo un oso que también era muy malo. Le gustaba la sangre, sobre todo la humana, y no porque fuera más suculenta, sino porque era la más accesible.

—¿Como los vampiros? —preguntó una de las niñas pequeñas de la barraca.

—Exactamente —la vieja Olga se alzó cuando notó que tenía público—. Cuenta la historia que en un recóndito bosque de Siberia deambulaba un oso por las aldeas azuzando a sus pobladores y comiéndose a los niños, pues eran una presa más fácil que los ciervos y los peces de los ríos, tan difíciles de atrapar por estar protegidos por una gruesa capa de hielo en el invierno. No, no te asustes criatura, que este cuento tiene un final feliz... —se dirigió a la niña que atendía atenta el preámbulo de la historia.

»Tenía las garras afiladas y los colmillos largos como espadones. Vagaba solitario en busca de niños, hasta que estos se acabaron. Los hombres y las mujeres, temerosos de la bestia infame, abandonaron sus hogares y el oso de Siberia no tuvo más remedio que buscar una manada para sobrevivir.

»Cuando encontró una, liderada por un hermoso y noble oso de pelaje marrón y ojos brillantes como el cielo estrellado, se acercó, le contó que se había quedado sin manada por culpa de los humanos que habían cazado a la mayoría de sus integrantes y que, solitario, había aprendido a vivir comiendo lo poco que encontraba entre la nieve. Con calculada hipocresía, se inclinó ante él rogándole que le permitiera hibernar con ellos. Muchos de los osos, desconfiados, le pidieron que lo rechazara: había algo en su aspecto que provocaba temor, pero el líder era demasiado confiado y, enternecido con su historia, lo aceptó no solo en la manada, sino en su familia. "Tu experiencia en los ambientes más hostiles será de gran ayuda para mis oseznos. Quiero que les enseñes todo lo que sabes de supervivencia", le solicitó y le presentó a sus cuatro crías hembras y al más pequeño, un osezno macho que pecaba de timidez".

—Conozco esa historia, y no termina bien —intervino nuevamente la mujer rubia que seguía sin mostrar el rostro.

—Eso depende desde dónde empieces a contarla y en qué página decidas cerrar el libro.

—Además, ese oso marrón no era bueno, era imbécil. Jamás fue un líder digno para su manada —interrumpió la mujer rubia.

—Déjame seguir, te lo ruego —le pidió Olga con exagerada amabilidad.

La mujer refunfuñó en ruso, con un marcado acento ucraniano, algo inaudible y guardó silencio detrás de su jergón.

—Como les decía, el oso de Siberia se fue ganando poco a poco la confianza de la familia de osos, e incluso los demás le dejaron de temer. La mamá oso le compartía las mieles que colectaba y era feliz con la compañía del nuevo miembro del grupo, que no se cansaba de contar sus hazañas en las regiones más hostiles de Siberia, lugares que parecían sacados de libros de aventura, donde lograba romper las duras capas de hielo que cubrían los lagos y perseguía a los veloces renos que en un par de ocasiones lo hirieran con sus poderosas astas. "Habría sido más fácil ir a las aldeas a cazar niños, pero eso no está bien. No hay que provocar a los humanos", decía ante la manada que seguía esa regla de oro.

»El invierno estaba cada vez más cerca. Un día, el gran oso marrón anunció que tendría que alejarse, junto a los machos más fuertes, en busca de reservas, pues el alimento escaseaba. El oso de Siberia se quedó al mando. Todos confiaban en que sus habilidades los librarían del peligro. Hembras y crías se quedaron a merced de las decisiones y la falsa habilidad del exótico oso que poco a poco empezó a demostrar que en realidad no sabía nada de lo que alardeaba; es más, llegó a necesitar ayuda hasta para alcanzar la miel de los panales que pendían de las ramas. "Tengo lastimada una pata", se excusaba, pero ya los rumores corrían entre la manada que volvía a desconfiar de él. Sin embargo, la mamá oso sí creía en él, incluso lo quería, aunque nadie se explicaba la razón. Sería, y eso es una conjetura mía, quizá porque era el único compañero de juegos de su hijo el más pequeño.

»El oso de Siberia estaba desesperado por demostrar a todos que nadie bajo su mando moriría de hambre. Sabía de los rumores y temía que lo expulsaran de la manada por charlatán. No podía permitirse volver a la soledad que lo condenaría a la muerte tan pronto el paisaje se tiñera de blanco. Ese miedo apremiante lo llevó hacia una aldea. Tras un par de horas, regresó con un gran trozo de carne cogido entre sus fauces.

»Volvió con uno y otro más hasta que el alimento calmó las angustias de la manada que devoraba sin preguntarse de dónde provenía la carne fresca. Pero la desgracia no se hizo esperar mucho. Al cabo de unos días, un grupo de humanos armados con escopetas le disparó al oso de Siberia que había asesinado a cinco niños de la aldea. La bestia, tan querida por la mamá y sus crías, pagó caro el precio de todas sus mentiras".

—¡Qué terrible! —exclamó una de las chicas que Ania conocía del tren, la que antes tenía una trenza rubia.

—Así no termina la historia —volvió a intervenir la mujer rubia, sacando por fin su rostro de la cobija, girándose hacia sus compañeras—. Porque esos mismos humanos, cansados de los ataques de los osos y sin diferenciar a los pacíficos de los agresivos, mataron al oso líder, a la mamá oso y a los cinco hijitos. Los acorralaron y les dispararon hasta que se les acabaron las municiones. Con sus pieles, agujereadas por los tiros, calentaron sus casas. Luego pensaron que sería buena idea tomar control de la manada. Entonces, los osos aprendieron a asesinar. Era mejor congratularse con los amos de las escopetas. Pusieron sus garras y colmillos al servicio de nuevos líderes, cazaron ciervos para ellos y atraparon los peces del río congelado para ponerlos a cocinar en las estufas de los humanos. De esa alianza maldita nació una nueva especie, la misma de la que forma parte el Oso polaco que acaba de llevarse a la madre de esta niña desdichada a la celda de castigo ¡Así es como termina el cuento! —concluyó con su estentórea voz.

Olga se echó a llorar. La mujer, que tenía acento ucraniano, ni siquiera se disculpó por ser tan brusca con una anciana frágil como una flor marchita. Únicamente se volvió a recostar en el camastro dándoles la espalda a todas sus compañeras de barraca y con el jergón nuevamente en la cabeza.

—No llore usted —suplicó Ania, que en realidad le había prestado poca atención al cuento.

—Estoy por creer que la ucraniana tiene razón.

—¡Claro que la tengo!

—Por Dios, ya no la torture —intervino alguien más.

—Capítulo tras capítulo y yo siempre vuelvo aquí. El Gulag no es mi penitencia, no puede serlo después de tantos años. Me meten, me sacan… El campo es mi purgatorio —dijo Olga.

—Olga, por favor…

—Sí, la ucraniana tiene razón, la tiene —repetía la anciana una y otra vez agitando sus arrugadas mejillas mojadas con su llanto—. *Moya zhizn' pozor.* La NKVD cambia mis sentencias de un plumazo. Un día estoy fuera y al otro vuelven por mí. Ella tiene razón.

—¿Sabe qué creo? Que esta no puede ser la última página del libro. Hay que resistir. No podemos permitir que ellos escriban el final de nuestra historia —la consoló Ania.

—Gracias, muchacha.

—Dile eso a tu madre cuando regrese, niña tonta, y consuélate pensando que pasará tres días en una celda de castigo en primavera. En invierno se habría muerto por tu torpeza. Mira que distraerse hasta el punto de no escuchar a los vigilantes que… —siguió rezongando la mujer ucraniana.

"Luz amarillenta. Rezos convertidos en murmullos. Murmullos que se lleva el viento carcomido por los moscos que se alimentan de nuestra piel. Los moscos se apresuran a comer porque saben que su vida es corta… ¿Cuánto puede vivir un animal tan frágil en un ambiente tan hostil? Luz amarilla.

Rezos. Silencio vuelto angustia a pesar de la nebulosa sin tiempo. Aquí estamos tú y yo. Y en este silencio, tu voz es más melodiosa que cualquier pieza de Chopin".

—Deja de pensar en la muerte, Ania. Tú no vas a morir en Siberia.

—Quién sabe. El frío se acerca de nuevo, lo sé porque los moscos que me herían la cara y se zambullían en mi sopa son cada vez menos. Yo también soy menos: menos corazón, menos cuerpo, menos pensamiento. Me estoy consumiendo aquí en la taiga. Del polvo vengo y en polvo me convertiré.

—No. Resistirás más de lo que crees.

—¿Crees que soy fuerte o insensible?

—Tal vez tú necesitas de las dos cualidades para sobrevivir al invierno.

—No me gusta ser así.

—A nadie le gusta. A la vieja Olga tampoco le gusta llorar frente a los demás. Aquí es como si estuviéramos en otro mundo, aquí hay permiso para todo: para lo bueno y también para lo malo. Es por eso que ellos abusan de los más débiles.

—Como el Oso polaco.

—Así es.

—Ha de ser un tipo muy desgraciado.

—No lo sé. A ti qué te importa.

—Cuando te vi no me alegré. Perdóname.

—No me pidas perdón. Lo comprendo.

—Yo no.

—Algún día lo harás.

—¿Volveré a sentir mariposas en el estómago?

—Puede ser.

—¿Y estaremos juntos siempre?

—Siempre que tú me necesites.

—Te necesitaré siempre.

—Deja de decir "siempre".

—Siempre me haces reír.

—Duerme. Aquí me quedaré un rato más.

—Buenas noches, que descanses tú también.

—Ania, tengo algo más que decirte.

—¿Qué?

—Irena y su familia están bien y tu mamá volverá de la celda de castigo, confía en mí.

—Gracias. Hasta mañana.

17

En las profundidades del invierno finalmente
aprendí que en mi interior habitaba
un verano invencible.

Albert Camus

Poco antes de que llegara el invierno de 1940, que se acercaba a golpe de ventiscas implacables, los presos perdieron mucho peso; algunos inclusive trozos de piel y cartílago. Las narices peladas, los lóbulos despedazados y los dedos de los pies ennegrecidos bajo los botines eran suplicios cotidianos. El termómetro marcaba veinte grados bajo cero.

Los días se volvieron a acortar aunque aún quedaban vestigios de luz a eso de las cinco de la tarde, no como en los meses más gélidos, cuando la luz del sol apenas daba consuelo a los presos por unas cuatro o cinco horas al día.

Aquel plúmbeo cielo del otoño moribundo era el inicio de la tragedia para todos los que sufrían de ceguera nocturna. La falta de vitamina A y la pésima alimentación empeoraban la condición de los enfermos en el campo, que sin importar su discapacidad, tenían que cumplir con su trabajo cabalmente; la máquina debía seguir funcionando y no se detendría por unos engranajes defectuosos. Era, por supuesto, más fácil deshacerse de esas piezas.

Con sus cuerpos blandengues, los ciegos se deslizaban a tientas entre los árboles y las esquinas de las barracas. Algunos alcanzaban a distinguir las figuras de luz borrosas, otros ya se habían olvidado de cómo brillaban las estrellas.

Esas figuras torpes, que se multiplicaban durante la temporada más oscura, asustaban a Jan. Le daba pavor imaginarse como ellos, tambaleándose ebrios de ceguera y miedo, terminando sus días en la celda destinada a los enfermos desahuciados como gusano a la espera de la pisada fatal. "Eso jamás", deseaba con fuerza, aferrándose a su propia voluntad como si eso le bastara para no perder la vista.

Hacía tiempo que Halina había vuelto de la celda de castigo y seguía sufriendo ataques de tos y pánico por las noches. Ania no hallaba cómo ayudarle a superar el trauma. Le acariciaba el cabello cuando la escuchaba quejarse entre sueños y la despertaba con ternura para devolverla a la realidad, a la estigia realidad. Cuánto le habría gustado decirle: "Mamá, no temas. Solo fue una pesadilla…" y alejarla del horror de sus recuerdos que la mantenían presa en la celda de castigo.

Ciertamente, fue muy parca en sus relatos sobre el encierro, sin embargo, lo poco que contó ayudó a formar una idea de lo horripilante que era esa celda. Aseguraba que las paredes eran más frías que el hielo mismo. Le dolía respirar y sentía la humedad clavarse en sus pulmones. Con mucha dificultad alcanzaba a ver algo del interior; para los presos la oscuridad no es donde se esconden los monstruos, la oscuridad es el monstruo. Oía que bajo sus pies se paseaban las alimañas. Resoplidos. Chillidos. Patitas trepando por los muros. Al lado de ella, en otra celda, un hombre rezaba sin descanso; Halina suponía que se trataba de un sacerdote ortodoxo, un pope, quizás el mismo con el que viajaron en el vagón, no estaba segura. "Oh, Señor, que sostuviste la mano de Pedro cuando empezó a hundirse en el mar tormentoso, si estás conmigo, nadie podrá contra mí. Concédeme el escudo de la fe y la armadura poderosa del Espíritu Santo. Mi futuro pongo en tus manos, oh, Señor, que se cumpla siempre tu santa voluntad".

Al otro lado se escuchaba la respiración rechinante de una mujer que pedía comida y agua todo el tiempo. Halina alcanzó a cruzar un par de palabras y supo entonces que la pobre tenía escorbuto. No la llevaban a la clínica del campo porque era un caso perdido.

"No se imagina usted las ansias con las que espero que me llegue la hora. Qué tan ocultos estamos que ni Dios me encuentra por más que le rezo".

Era imposible dormir en la celda que no tenía más que una tabla arriba y otra abajo, iguales a las literas de las barracas. En la de abajo no entraba la luz de la ínfima ventana. En la de arriba era imposible sentarse porque la cabeza topaba con el techo. Halina intentaba dormir arriba, recostando su cabeza en la pared húmeda y babosa por el moho. Falló en el intento.

Los ojos le ardían deseosos de conciliar el sueño, y los lamentos de la mujer de al lado eran un recordatorio constante de que no había comido ni bebido nada. Ansiaba un trozo de pan, una miga extraviada en la celda, cualquier cosa que le ayudara a resistir el dolor que se le enterraba en las costillas como el frío que ya le había puesto los labios morados.

El hambre era mucha y las porciones de alimento tan mínimas, que parecían una burla sádica: cien gramos de pan, agua caliente y una mezcolanza de col amarga al día. "Llegué a creer que no saldría de allí, pero encontré consuelo pensando que mi niña no tendría que sufrir aquello", le contó a Patryk cuando se vieron en un día de descanso. Porque sí, la injusta implementación de las leyes del Gulag permitía gozar del "día de descanso" que, con la finalidad de evitar conexiones religiosas, caía siempre un lunes, uno de cada quincena, uno de cada mes, o de cada bimestre a placer de los administradores de cada campo que basaban sus decisiones, siempre, en la productividad de los presos…

Halina se calló más cosas que las que dijo. Jamás le contó a nadie de las visitas que el Oso hacía a su celda para atormentarle el cuerpo y el alma. A veces con su mirada fija en sus ojos decaídos, a veces contra la pared. Golpes, pellizcos, mordeduras, rasguños. Quejidos agonizantes que la mujer con escorbuto y el pope escuchaban desde sus celdas. "¡Oh, Señor, que sostuviste la mano de Pedro cuando empezó a hundirse en el mar tormentoso, si estás conmigo, nadie podrá contra mí!". Llantos de criaturas muriendo sin la savia materna sobre una cuna de nieve. Otros gritos de mujeres silenciadas con las hoscas palmas de los guardias. Súplicas, ¡ya no, por favor! En polaco, en ucraniano, en kazajo, en ruso… Voces de niñas llamando a sus madres. Voces apagadas de un tiro. Voces convertidas en un charco de sangre en cualquier recoveco de la taiga.

Todo eso ocurría en ese lado, el lado oscuro del campo, lejos de las barracas donde las luces mortecinas eran un infame remedio contra los demonios que gozaban bailotear en la negrura de la noche. Todo eso pasó y seguía pasando allá fuera y también muy dentro del corazón de Halina. Cerró con llave y la arrojó a la nieve.

—No te imaginas cuánto ha cambiado Jan desde que supo lo de tu castigo. No lo supera.

—Es natural, Patryk. Todos hemos cambiado.

—Cierto. Es que me da tanta impotencia no poder comunicarme con él. Está siempre callado, no entabla conversación ni amistad con nadie. Cuando tala los árboles lo hace con una furia que me asusta —suspiró—, es como si quisiera matarlos.

—Dale tiempo. Reza mucho por él, por Ania, por Irena.

—Me mortifica tanto pensar en Irena. Al menos a estos dos los tenemos a nuestro lado.

—No te preocupes por ella, ora por ella.

—¿Y cómo está Ania? Al menos parece estar en calma.

—Siempre tiene frío. Últimamente no quiere salir de la barraca y tampoco habla mucho, al igual que Jan. Particularmente hoy está muy triste.

—¿Por qué? ¿Qué le ocurre?

—¿Recuerdas a unas niñas muy bellas que viajaron con nosotros en el mismo vagón del tren? Unas hermanitas.

—Sí, claro. Una rubia y una de cabello castaño.

—Ayer no volvieron a la barraca.

—¿Cómo es posible?

—Es una desgracia. Parece que se perdieron en el bosque. Hay rumores de que las oyeron gritar en la madrugada. Otros piensan que lograron escapar y que ahora están camino a la ciudad, aunque yo no soy tan optimista…

—¿Por qué? ¿Qué crees que les pasó?

—Yo más bien creo que se las comió un oso.

18

*...tenemos una sola e irrevocable meta. Hemos resuelto
destruir a Hitler y todo vestigio del régimen nazi [...]
cualquier persona o estado que lucha contra el nazismo
tendrá nuestra ayuda. Por lo tanto, daremos cualquier ayuda
que podamos a Rusia y al pueblo ruso.*

Winston Churchill

El invierno de 1940 caló hondo. Mientras los judíos seguían en los campos de concentración a la espera de que el Ejército Rojo los liberara, los presos del Gulag soñaban con la invasión de los alemanes para que por fin se abrieran las puertas de sus barracas de par en par.

La nieve subió un metro en el campo y las cuadrillas no se daban abasto limpiando los caminos. Aun así, debían trabajar sin reducir la cuota. Ania, que había aprendido a escuchar los consejos de las presas más experimentadas, no dejaba de moverse para conservar el calor lo más que pudiera. Desde el comienzo de su jornada raspaba los troncos con todo su vigor y de vez en cuando alzaba las rodillas como si marchara en el mismo sitio. Fue uno de esos movimientos inofensivos lo que por poco provoca una desgracia. Su bota derecha se atoró con una raíz y se rasgó cuando alzó el pie. La nieve tuvo paso libre hasta los dedos. La humedad, seguida de una dolorosa sensación de ardor, le entumeció el pie. Faltaban horas para la pausa de la comida. Horas. Un calor intenso le quemaba hasta el tobillo. Ania no se podía detener por el malestar. El pie comenzaba a expandirse. Palpitaba como si golpeara la bota que lo mantenía preso en un espacio cada vez más angosto. El dolor era terrible y, para empeorar la circunstancia, la nieve subía de nivel.

Cuando por fin llegó la hora de la comida, se quitó de inmediato la bota y notó horrorizada que su pie estaba rojo y brillante como una manzana. Observó que su dedo pulgar estaba violáceo en la punta y cuando presionaba las partes más hinchadas, la huella de su dedo se quedaba impregnada como si su piel estuviera hecha de arcilla fresca. Frotó su extremidad resignada a la idea de que al terminar el día quizás tendría que despedirse de ella. Para su fortuna, el pie resistió el regreso a la barraca.

—¡Pero criatura! Ve al dispensario, allá te van a atender —le recomendó la vieja Olga cuando vio a Ania intentando remachar inútilmente su bota.

—No, me da miedo.

—Allá no son tan malos. Las enfermeras son muy amables y como eres joven, te atenderán en la clínica, es más, hasta podrás comer más pan y mantequilla. Aprovecha, pero no vayas sola. Vamos, yo te acompañaré hasta la entrada. Ustedes avísenle a su madre para que no se angustie —pidió a las compañeras, pues la cuadrilla de Halina se había retrasado.

—Todo estará bien. Eres joven y esas cosas se remedian con descanso y medicamento.

—¿No me cortarán el pie?

—Claro que no. En unos días estarás como nueva. Este infortunio es una bendición, ya verás a lo que me refiero.

Un viejo que parecía tener la barba hecha de heno la recibió en el dispensario y le pidió que aguardara. Luego, una enfermera la condujo a una cama con colchón y sábanas limpias, le revisó el pie y enseguida le dio un analgésico. Recostarse ahí fue casi irreal. Se había olvidado lo bien que se sentía acomodarse en una superficie suave y blanca, como el cuerpo de un cisne.

La clínica estaba dividida en secciones. La luz que la iluminaba no era amarillenta como en el resto del campo y eso le daba un aspecto higiénico. Tras la intimidad de la cortina que rodeaba su cama, Ania se puso una bata y se acostó exhalando como si con ese aire que tenía acumulado en los pulmones dejara salir todo el cansancio de sus días. Ante esa reconfortante sensación el dolor de su pie se le hizo poco, y esa noche durmió casi como si estuviera en Polonia.

A la mañana siguiente, el ruido de las charolas golpeteadas por jeringas y frascos la despertaron de su plácido sueño. Ania miró a su alrededor. Mujeres con los dedos cercenados. Desnutridas. Ciegas. Había también embarazadas. Le sorprendió comprobar lo que se decía: que muchas mujeres del campo intercambiaran favores sexuales por comida, o por unos días de descanso en la clínica que, en medio de la nieve, era un oasis.

Entre las que estaban mutiladas había quienes se cortaban los dedos a propósito, desesperadas por unos cuantos días de reposo sobre una cama blanda; esa práctica era muy riesgosa, pues si la administración del campo se daba cuenta, las señalaba de "saboteadoras" y podían ser castigadas hasta con diez años adicionales de condena. El "parasitismo social" era imperdonable.

Los médicos eran adustos en su trato con las pacientes, no así las enfermeras de vestimenta blanca y casi todas rubias. Ania las imaginaba como delicados angelitos.

—¿Cómo amaneciste hoy? —le preguntó una de ellas colocando un termómetro bajo el brazo.

—Bien, ya no me duele tanto.

—¡Pero muchacha! si tienes fiebre.

—¿Tengo?

—Sí, treinta y nueve grados. No podrás salir hoy. Hablaré con el médico para que reporte que necesitas dos días más. Además, ese pie aún sigue inflamado.

—Dios la bendiga.

La enfermera guiñó un ojo y siguió saludando sonriente a las otras pacientes, prestando especial atención a una muy delgada que manifestaba dolores agudos de parto.

Hijos de la nieve,
de las entrañas de una mujer vendida,
y del monstruo que con su hoz golpea,
el vientre de las que paren por comida.

Lo declamó la vieja Olga una noche que contaba lo que ocurría con las criaturas que soltaban su primer llanto en ese o en cualquiera de los campos: "no podemos hablar de un destino. Algunos viven, otros mueren. Nacen y son arrojados al bosque o abandonados en los pueblos aledaños. Aquí la única certeza es el sufrimiento de los niños que, en mala hora, son arrojados a la vida".

Al cabo de tres días, Ania salió casi restablecida. Ya casi no le dolía el pie. El pan con mantequilla y mermelada había hecho milagros en su ánimo, más aún la cama y la almohada esponjosa y limpia. "Si el descanso me devolvió la sonrisa, qué no hará por mí la libertad", pensaba feliz caminando como si estrenara un pie nuevo. Cezlaw tenía razón, no moriría en Siberia. "Blanca es tu piel, como los copos que caen y revisten mi cuerpo, con el que has de soñar", tarareaba improvisando una cancioncilla sosa. Por un breve instante disfrutó el crujido de la nieve bajo su par de botas nuevas con las que brincoteaba camino a su sección.

Cuando se fue acercando a la barraca, se percató de que un bullicio poco común se dejaba escuchar entre las comisuras de sus paredes de madera. No era normal que las mujeres hablaran tan fuerte a esas horas de la tarde corriendo el riesgo de llamar la atención del Oso y sus subalternos. Impulsada por la preocupación, se apresuró y cuando entró observó lo que jamás se hubiera imaginado:

—¡Virgen de Czestochowa! ¡Gracias por todo! ¡Bendita seas! —repetía Halina una y otra vez en tanto que sus brazos cobijaban a un niño pequeño.

Al lado de ellos, una escuálida mujer de párpados caídos miraba con ternura a Ania, a quien le costó trabajo reconocer a su hermana entre los harapos.

—¡Hermanita! —se apresuró Irena ante las miradas de las compañeras de barraca que, veían en aquel encuentro la exangüe esperanza de que algún día se les hiciera el milagro de reencontrar a sus seres queridos.

—No lo puedo creer...

El abrazo de Irena era ligero como el papel. Nada tenía que ver aquella figura con la muchacha vigorosa que no dejaba de parlotear en las sobremesas.

—Nos trajeron aquí hace un rato. Mi esposo está con papá y Jan.

—¡Qué suerte!

—No creo que haya sido una cuestión de suerte. Seguro es más fácil organizar las barracas por apellidos y familias.

—¿Y mis sobrinos?, déjame abrazarlos.

Ania se sintió estúpida al mencionar la palabra suerte en tan lesivas condiciones. Suerte sería que no los hubieran desalojado de su casa, que Aron, Paulina y Nikolai vivieran la misma infancia que ella, rodeados, como ella lo estuvo por muchos años, por la paz de Komarno, que era un pueblo muy semejante a la inamovible escenografía de una bola decorativa de nieve. No era mucho, pero para Ania había sido suficiente para ser feliz. Eso y...

—Cezlaw también está aquí. No sé en qué sección ni en qué barraca.

—¿Qué dices? —intervino su madre sorprendida mientras extendía la poca paja para que alcanzara a mullir un poco las tablas donde habrían de dormir sus nietos.

—Sí, así es, ¿recuerdas el día que... ocurrió aquello? Me daba mucha vergüenza contarte que si estaba intranquila y torpe fue porque poco antes me había reencontrado con él. Fue a verme, cruzamos un par de palabras y me distraje tanto que no escuché el llamado de los vigilantes. Entonces me di cuenta de que no había cumplido la cuota, corrí y... por las caras que ponen me doy cuenta de que no me creen, ¿verdad?

Irena y Halina se miraron guardando un aire de complicidad. Había muchas preguntas que no era necesario formularle. Era muy bonito contemplar ese suave brillo en su mirada cuando hablaba de él.

—El campo es muy grande y Cezlaw es muy avispado. Yo sí te creo, hija.

—La próxima vez que lo veas, salúdalo de nuestra parte —le pidió Irena, incrédula.

—No me creen.

—Claro que sí —sostuvo su madre—, lo que pasa es que la noticia nos ha impresionado.

—¿Y qué más da si no te creen, muchacha? —intervino Olga.

—No le entiendo, Olga.

—¿Lo crees tú? ¿Te hace feliz creerlo? Pues entonces es real. El chico está contigo.

Diáspora maldita,
que con saña destrozaste mi alma,
préstame al menos la esperanza
de que en sueños lo vuelva a ver.

—Qué lindo declama —halagó Irena, que no conocía los talentos de la vieja.

—Hago lo que puedo con lo poco que me queda —dijo mostrando una sonrisa escasa de piezas dentales.

La llegada de Irena planteó para Halina un sentimiento bifurcado: por un lado, se lamentaba de que su hija y su familia estuvieran viviendo la misma tragedia, por otro, se consolaba porque por fin la veía en otro lugar que no fueran sus rezos. Los días en la celda de castigo la habían consumido más que el propio trabajo forzado. Una intensa tos la atacaba a ratos y no tuvo más remedio que aprender a convivir con la aparición espectral del Oso que la acechaba por las noches, excepto esa en que abrazada de sus hijas y sus nietos no tuvo pesadillas.

19

El honor es la conciencia externa,
y la conciencia, el honor interno.

Arthur Schopenhauer

La primavera de 1941 llegó con el efugio de la música de violín de Patryk, que en sus escasos ratos libres y con unos recursos muy menguados, logró terminar. El instrumento se convirtió en la alegría de su sección.

Durante las tardes, que agonizaban en colores carmín, Patryk tocaba polcas para sus compañeros de barraca, complacía peticiones y contaba anécdotas que otros enriquecían, hasta que se enfrascaban en una tertulia que podría haber sido la de cualquier cantina en cualquier pueblito de Polonia.

Jan no participaba. El calor y los humores de los presos, mezclados con los vapores nauseabundos que surgían de las bacinicas, lo agriaban. Hubiera querido salir corriendo, pero afuera ya se reagrupaban las nubes de mosquitos que parecían entrenadas por los bolcheviques. Los miraba desde la parte alta de la litera sin comprender cómo era posible que su padre dedicara su tiempo de descanso a convivir con la caterva. Sentía admiración y pena por él, sobre todo los esporádicos lunes de descanso, cuando también tocaba para las mujeres que movían sus harapos de un lado al otro simulando que eran faldones de fiesta de palacio.

"Somos grotescas figuras salidas de la imaginación de algún loco", meditaba Jan luchando contra sí mismo por permanecer impasible.

—¿Por qué estás tan pensativo, cuñado? —preguntó Mandek trepando a la litera para sentarse junto a él—. Ven, anímate. Los colegas juegan póker. Mira, he ganado una buena ración de pan y están apostando un trozo de salchichón que alguien se robó de la cocina.

—Es que los miro y no puedo concebirlo. Cómo es posible que tengan ganas de carcajearse y bailotear como simios.

—No nos culpes, es de lo poco que nos queda.

—No, Mandek. A mí no me queda eso.

—Algo has de tener ahí guardado —le dijo dándole un suave golpe en el pecho.

—¿A ti te queda algo?

—Claro, te voy a mostrar. Es un secreto —Mandek sacó de su bolsillo una fotografía sepia que estaba casi rota de tanto doblarse y desdoblarse—: Pensilvania. Ahí vive mi hermano, en un pueblito a las afueras donde hace años alzó una granja. Le va muy bien; se dedica a la producción de huevo. Planeaba irme con la familia, pero nos alcanzó la guerra y la pobreza.

—Entonces ya no te queda casi nada.

—¡Claro que sí! Me queda la esperanza de salir de aquí, trabajar para juntar dinero e irme con mi hermano, eso es mucho. ¿Y a ti, Jan? ¿Qué te queda?

—Pura dignidad y paciencia. Mira eso: mi papá tocando "La marcha de los parados" y todos como monos cantando en alemán.

Un, dos, tres cuatro,
marchamos, sin trabajo,
ninguno se acuerda ya
de cómo suena la herramienta
mientras las máquinas, sin vida,
en la fábrica se oxidan.
Y nosotros a pasear
como ricos...

—Es vergonzoso —Jan señaló la bulla.

—Ten piedad. Su alegría no lastima a nadie.

—A mí me lastima, Mandek. No soporto ver a mi papá vuelto un bufón.

—No queda de otra que seguir haciendo lo posible para mantenernos en pie, y si así se sienten mejor, no le veo nada de malo. En fin, cuñado, mientras tanto seguiremos esperando el milagro de la libertad.

—Y en la guerra los milagros siempre van unidos a la muerte.

—Explícate, no te entiendo.

—Nuestra salvación llegará cuando los alemanes se atrevan a invadir el territorio de Stalin, y eso cobrará muchas vidas. Lo mismo esperan los que sufren bajo el yugo de los alemanes: que el Ejército Rojo invada Alemania.

—Lo peor es que no hay escapatoria. O se lucha...

—O se muere.

Un, dos, tres, cuatro...

El milagro que esperaban llegó el 22 de junio de 1941. Hitler rompió el pacto de no agresión e invadió la Unión Soviética.

La Operación Barbarroja había comenzado.

DESPUÉS DE SIBERIA

20

El golpe más fuerte recibido por la humanidad fue la
llegada del cristianismo. El bolchevismo es el hijo ilegítimo
del cristianismo y ambos son invención de los judíos.

Adolfo Hitler

Aprovechando que la invasión alemana llevó a Stalin a establecer alianzas en occidente, el primer ministro de Polonia, Wladyslaw Sikorski, buscó reanudar las relaciones diplomáticas con la Unión Soviética y, con la intervención de Gran Bretaña, el último día de julio de 1941 firmó en Londres, junto con Iván Maiski, embajador de Moscú en Inglaterra, el tratado Sikorski-Maiski que daba lugar a la creación de un ejército polaco y establecía la amnistía para los polacos que habían perdido su libertad en las prisiones y campos de trabajo forzado del Gulag.

A la espera de su ejecución en la prisión de Lubyanka, el general Anders, el héroe veterano que había sido arrestado por los bolcheviques en Lwow, recibió la noticia de que había sido elegido para dirigir el ejército que se conformaría con prisioneros y excombatientes "amnistiados". El catorce de agosto de 1941 Sikorski viajó a Moscú a signar un pacto militar con Stalin y así formalizar la integración de las unidades combatientes polacas; se acordó también que dichas unidades permanecerían en la Unión Soviética y sería el gobierno soviético el que suministraría alimentos a combatientes y civiles. Por fin, Stalin había aceptado liberar a los polacos.

A finales de agosto de 1941 Ania y su familia fueron requeridos por sus vigilantes. Uno de ellos tenía unos papeles en la mano marcados con unos sellos que venían de Moscú. "¡Nos van a extender la condena!", pensó asustada, casi al borde del desmayo. Halina la sostuvo de los hombros y le pidió susurrando que se calmara.

—¡Gracias al cielo! —exclamó una mujer que había recibido su notificación antes que ellos.

Luego otro prisionero y otro más.

Se abrazaron y la multitud poco a poco se fue conglomerando en el centro del campo.

—Son libres —anunció el vigilante a Halina sin gesticular y les entregó las órdenes.

Unidos en el abrazo y el agradecimiento, los polacos lloraron de alegría ante los ojos taciturnos de ucranianos, kazajos, los enemigos del pueblo soviético y la vieja Olga que, con las manos temblorosas, les acariciaba las mejillas a sus compañeras de barraca recién liberadas.

Unos van, otros vienen.
El tren hacia ninguna parte
golpea con vigor a las durmientes
así como la hoz y el martillo
al indefenso pueblo sometido
por la esclavitud y la muerte.

Ania miró a la vieja llorar y se le acercó para darle un abrazo para consolarla.

—No te sientas mal por mí. Ya llegará mi liberación.

—Me da tanta tristeza dejarla aquí. Estará usted tan...

—¿Desolada? No, mi niña, eso jamás. Tengo mi poesía, mis historias. También lo tengo a él.

—¿Quién es él?

—Kostya, mi esposo. Un militar de alto rango, un espía. Lo llevaron a una fría celda de Moscú. "El partido tiene muchos ojos", como dijo el Oso, y uno de ellos me miró a mí también.

—Siendo polaca...

—¡Oh, no, cariño! Soy rusa. Aprendí polaco en mis años en Varsovia. Allí viví con Kostya, en una casita a orillas del río Vístula.

La vieja apretó sus párpados intentando sentir el vaivén del agua cuando metía sus pies jóvenes y blancos:

»Para nacer, escogiste las montañas de Cárpatos y para morir, te arrojas al Báltico.

»Resguardas celoso, en tus entrañas líquidas, los restos de la princesa Wanda.

»Y en tus ojos moran las cenizas de los hijos de la guerra vueltos tus lagañas.

Río Vístula.
Testigo acongojado de una historia lastimera.
Padre de Nicolás, Marie y Federico.
Consuelo del huérfano por la guerra.
Amigo del ortodoxo, el católico y el judío.

Hacedor de milagros.
Inspiración del poeta.
Hombre de puño alzado.
Incitador a la revuelta.

Río Vístula.
Eres savia que incentiva,
la comparsa que da fuerza.
Eres muerte… y das vida.

—Algún día se alzarán los hijos del gueto —siguió reflexiva tras haber interrumpido su relato con un poema, como solía hacerlo.

—¿Cómo?

—Te decía, hija. El amor me llevó a Varsovia, después a Moscú y finalmente, a Siberia.

—La guerra, más bien.

—¡Yo qué iba a pensar en la guerra cuando lo abrazaba! Lo quise tanto… no, no —corrigió—, lo quiero tanto.

—¿Y dónde está? ¿Sigue en la prisión de Moscú?

—Te diré que está en todas partes: en una fosa común de Moscú, en el bosque, enterrado en la nieve, aferrado a mi camastro, en los amaneceres, en mi poesía.

Ania examinó los ojos de Olga. Era raro, no parecía decir aquello con tristeza.

—Eso me hace pensar en alguien.

Olga asintió y abrazó a Ania nuevamente.

—Tú también tienes un Kostya, lo sé. Si te ama hallará el camino de vuelta a ti. No estoy triste. Ya vendrán otros niños y otras muchachas a las que les contaré mis cuentos y les recitaré poesías. Ahora dame otro abrazo y sonríe, que eres libre.

Los brazos de la vieja Olga, que parecían unos retazos de tergal, rodearon la cintura de Ania, empequeñecida por el hambre y el arduo trabajo.

—Gracias, Olga.

—¿Por qué?

—Porque tu inspiración nos ha ayudado a creer que la belleza existe.

—Existe, Ania. No lo dudes.

Había algo dentro de ella que le susurraba que la vieja estaba en lo cierto. La belleza existe hasta en el infierno, así tomó distancia de la ciénaga de dudas que la habían orillado a la desesperanza. "Sí hay vida después de Siberia".

Las compañeras de barraca se apresuraron a tomar sus pertenencias y a despedirse de las que se quedaron. Los rostros coloreados de esperanza contrastaban con la grisácea atmósfera de la Siberia sostenida en las raíces del dolor humano. Contrastaban también con la mirada torva del Oso polaco que observaba, desde la torre de vigilancia, a sus compatriotas aglomerarse en el centro del campo portando sus cartas de liberación. Le fastidiaba no poder hacer más que esperar a que llegara otro tren, otros prisioneros, como el animal salvaje que después de haber roído los huesos de su presa, aguarda impaciente para olfatear carne fresca. En el campo Olga los esperaba para darles esperanza, el Oso, para arrancárselas a golpes.

"Tú aquí te quedarás y ese será tu castigo. Llegará el momento en que Dios te pida cuentas de todas las veces que serviste al diablo. El partido tiene mil ojos, pero la justicia divina tiene miles de millones. Deambularás por estas tierras sin poder alimentarte de la sangre. Un día, cuando dejes de ser útil, te convertirás en una estatua de hielo. Nadie recordará tu nombre. Nadie. Nadie rezará por la salvación de tu alma y esa será mi revancha", reflexionó una jovencita con la vista puesta en la torre sin que el Oso se inmutara de las maldiciones que ella y otros le arrojaban.

Para cuando las órdenes se distribuyeron, una cuarta parte de los prisioneros ya había muerto, la mayoría de inanición. El estado de salud de los vivos era deplorable y, debido a la lejanía de algunos campos de trabajo forzado, miles de personas tardaron meses en enterarse de que eran libres, y la espera cobró aún más vidas.

Mientras tanto, el gobierno alemán había subido un escalón más en su insensatez y exigía la destrucción del pueblo polaco, al que los nazis consideraban "subhumano". En un periodo de entre diez y veinte años, los territorios ocupados debían "limpiarse" por completo de los polacos para ser habitados por los colonos alemanes.

21

El futuro tiene muchos nombres. Para los débiles
es lo inalcanzable. Para los temerosos, lo desconocido.
Para los valientes es la oportunidad.

Victor Hugo

Las rejas del campo se abrieron tal y como los prisioneros añoraron desde el día en que el tren hacia ninguna parte los había abandonado a su suerte en Krasnoyarsk.

Frente a ellos, el bosque ponía al descubierto sus entrañas vivas, intimidantes y atrayentes como un abismo. Se fueron adentrando en él para atravesarlo y llegar al pueblo más cercano; ya habría tiempo para trazar un plan, por lo pronto, era menester disfrutar de sus primeros pasos emancipados.

Lo primero que Ania hizo al cruzar la reja fue arrancarse el número de su zamarra. El aire le parecía distinto, más límpido y, aunque conservaba su cualidad gélida, no le lastimaba los pulmones como cuando hacía el esfuerzo de inhalar pausado mientras raspaba los troncos de los árboles. "Era ese número el que me asfixiaba". Halina, que todavía conservaba la cafetera y la cobija con las que salieron de Komarno, se aferraba a esas pertenencias como si se tratara de objetos valiosísimos, igual que Patryk a su violín.

—¿De verdad siempre creíste que saldríamos de ahí, mujer?

—Jamás lo dudé. Mi fe tenía que valer por la que le faltaba a Jan y a Ania. El caso de Irena es distinto, ella es madre.

—Pobre Jan. Míralo, ni siquiera se alegra.

—Es que camina sin rumbo.

—Mi hijo sigue siendo esclavo.

Al cabo de unas cuatro horas llegaron a un pueblito desolado que ofrecía pocos refugios para pasar la noche. Un muchacho de ojos verdes, muy penetrantes, y un cuerpo que en otra vida habría sido fornido, indicó que lo mejor sería permanecer juntos bajo el techo de la estación de tren y sus alrededores.

—Buena idea, allí hay techo y los niños no lo pasarán tan mal —replicó Jan que empezaba a recuperar sus ganas de alzar la voz.

Irena y su esposo tomaron a sus tres hijos de la mano y se acurrucaron en una banca. Ania se sentó en el piso al lado de ellos. Halina y Patryk fueron a ayudar a los ancianos a encontrar un refugio.

—Aquí hay menos mosquitos —intentó bromear Ania sin mucho ánimo.

—¿En qué terminará todo esto?

—No lo sé.

—Estás distraída, ¿en qué piensas?

—Antes de irnos, la vieja Olga me contó su historia. Se sacrificó por el hombre que amaba, un espía al que encarcelaron en Moscú. El amor fue la causa de su condena y yo me he estado preguntando ¿de qué le sirvió? Tantos años en el Gulag y él quizás esté muerto, ¿habrá valido la pena? No lo puede ver, no lo puede tocar...

Dirigiendo una mirada a su marido que dormía abrazado de su hijo el más pequeño, Irena no dudó en su respuesta:

—Lo valió, hermana, te aseguro que sí.

Al amanecer se encontraron con la grata sorpresa de que un grupo de personas se había organizado para repartirles pan y té. Muchos de los habitantes de las aldeas intentaban no entablar conversación con quienes habían estado en el campo de trabajo purgando una condena. Temerosos de las represalias que pudieran sufrir si algún soplón merodeaba por las calles olfateando complots, distribuyeron los alimentos deprisa y con la boca cerrada.

Jan y el muchacho de ojos verdes se enteraron de que un grupo de voluntarios se estaba reuniendo en la ciudad de Buzuluk al sur de la Unión Soviética para formar un ejército. De oídas también se informaron de que los civiles recibirían ayuda humanitaria proveniente de los países aliados. Por fin la brújula se movía hacia una dirección y se quedaba fija aunque fuera por un rato.

—Lo mejor será que vayamos hacia allá. No tenemos otra opción —aseguró Jan ante la multitud.

—Nosotros no queremos ser soldados —señaló un anciano—, y aunque lo quisiéramos, con qué fuerzas.

—Allá está el grupo que se unirá al general Anders y él es nuestra única esperanza. Si nos dispersamos tendremos menos probabilidades de sobrevivir. No olviden que seguimos en territorio soviético.

Casi todos asintieron y acordaron ir a Buzuluk. Para poder comprar los boletos de tren consiguieron trabajos ocasionales limpiando casas, cuidando de la tierra, ocupándose en las granjas aledañas y hasta pidiendo limosna durante varios días.

Patryk tocaba el violín a los transeúntes. Mandek y Jan se unieron al grupo que organizaba el trayecto a Buzuluk y de manera esporádica, limpiaban granjas y cuidaban animales. Ania, Irena junto con sus tres niños y Halina tuvieron la fortuna de encontrar refugio en un pequeño establo propiedad de unos ancianos que se conmiseraron de las criaturas. Las vacas y los caballos les daban calor. Las noches ahí dentro no eran tan atroces como las que pasaron a la intemperie. "Vivimos contra reloj. Un día más es un día que nos aleja de la posibilidad de ser libres, verdaderamente libres. Mamá teme despertar en el campo, lo sé porque la oigo entre sus sueños suplicar que no se abra la puerta de la barraca. Balbucea, solloza, lloriquea como los cachorros que temen una paliza. 'No temas', le digo cuando la despierto y le muestro la paja, y señalo a los animales que nos hacen compañía. Enciendo una vela. Míralos bien, cálmate, le digo con cuidado de no despertar a los demás. Hoy tuvimos la suerte de que una mujer nos diera permiso de dormir en su granja. Mañana tendremos la suerte de completar el dinero que necesitamos para ir al encuentro del general Anders. 'Tranquila, mamá. Ya nos vamos alejando', le repito y la adormezco con una canción igual que ella lo hacía cuando yo era niña".

Después de una larguísima travesía llegaron a Buzuluk. Pero la mala estrella los acosaba. Hacía días que el general Anders y un copioso número de voluntarios que apenas se vislumbraba como el embrión de un ejército se habían marchado a otra ciudad.

Los polacos que esperaban encontrar más que campamentos desolados tenían la moral por los suelos.

"Mejor volvamos al campo. Por lo menos allá tenemos comida".

"No digas estupideces. Hay que seguir adelante".

"Ya no puedo más".

"Quedémonos en cualquier pueblo. Ya no quiero seguir".

Las voces se fueron alborotando por la infortunada circunstancia. En medio de la tragedia aumentaron la desolación y la ansiedad entre los exiliados que no hallaban su brújula. Pocos fueron los que se mantuvieron firmes, entre ellos Jan, que imploraba a sus compatriotas no perder la esperanza.

—Ya nos vamos acercando.

—¡Tú fuiste quien nos prometió que aquí nos ayudarían! —refunfuñó un anciano.

—Sí, y ahora no tenemos comida ni dinero. Estamos peor que al principio —se escuchó la voz de una mujer entre la multitud.

—Llegamos tarde pero no estamos lejos. No podemos perder la calma. Y no, no estamos como al comienzo. ¿Quién decide seguir?

—¿A dónde tenemos que ir?

—A Tashkent —respondió el muchacho de ojos verdes.

Siguiendo el rastro del pastor, al rebaño no le quedó otro remedio que dirigirse en tren a la capital de Uzbekistán, que en aquel entonces pertenecía a la Unión Soviética. Decenas de entre los miles de enfermos y desnutridos, que con el paso de las semanas se unieron al éxodo, no resistieron el viaje y perecieron. Entre estación y estación los cuerpos fueron sepultados de prisa cuando el tiempo les prestaba oportunidad a dolientes y fautores. En la mayoría de los casos solo eran arrojados a las zonas despobladas.

—¡Vamos! ¿Quién nos ayuda a bajar este cuerpo? Tenemos diez minutos cuanto mucho —solicitó un hombre muy alto que parecía conservar las fuerzas con las que cargaba troncos en el campo de trabajo soviético.

—Yo le ayudo, señor —se apuntó Patryk levantándose de su asiento.

Irena, que viajaba junto a él, notó que se movía con algo de dificultad. Guardó silencio y esperó a que su padre volviera al tren. Lo tomó de la mano aprovechando que su madre y Ania estaban conversando con Jan para no inquietarlos con una observación que quizás era equivocada.

—Parece que esto no tiene fin, ¿verdad, papá?

—No pierdas la fe. Yo sí veo la luz al final del túnel.

—Es que sigues siendo tan fuerte. Siempre admiré eso de ti —Irena hizo una pausa intentando construir un puente con las palabras adecuadas. Al final no las halló y cambió de tema sin más—. Papá, he notado que no caminas bien.

—No te preocupes por mí.

—Esto era justo lo que temía: que no te sinceraras. Somos familia, ¿qué ganas con esconder algo que es tan obvio como una cojera?

—Ya, ya. Me duele un poco la rodilla, pero no es grave, ¿estás conforme? —aseguró frotándose las piernas.

—No. Habrá que revisarla.

—¿Aquí? ¿En estas condiciones, Irena? Hay quienes necesitan atención con más urgencia. El pobre hombre al que acabamos

160

de enterrar murió de disentería y como él hay muchos que, Dios no lo quiera, están al borde de la muerte. No te aflijas. Quita esa cara de angustia que no es para tanto. Ya habrá oportunidad de que un médico me atienda.

—Ojalá fuera como tú, papá.

—¿Fuerte como yo?

—Sí…

Irena miró la rodilla de su padre y luego se asomó por la ventanilla. Colinas, pastizales secos, cuerpos mosqueados salpicados en el trayecto que no sabía hacia dónde los terminaría conduciendo.

22

La vida de cada hombre es un camino
hacia sí mismo, el intento de un camino,
el esbozo de un sendero.

Hermann Hesse

Para alivio de los errantes cuando llegaron a Uzbekistán, a finales de 1941, se encontraron por fin con el ejército del general Anders y fueron instalados en granjas, barracones y rudimentarias tiendas de campaña alzadas de manera improvisada para recibirlos.

Lamentablemente seguían bajo la custodia de Stalin, que se negaba a dejarlos salir de su territorio e ignoraba algunos puntos del acuerdo que pactó con el gobierno polaco en el exilio: no todos los militares habían sido liberados y muchos de ellos no se encontraban por ningún lado, lo que despertó la sospecha de que habían sido asesinados; y las raciones de alimento prometidas apenas alcanzaban las veintiséis mil, que eran poquísimas para los más de setenta mil combatientes y los miles de ancianos, mujeres y niños que los acompañaban, por mencionar solo algunas de las cosas que no se estaban efectuando como se habían pactado.

La mayoría de los reclutas no cumplía siquiera con el primer requisito de pesar más de treinta y cinco kilos, y sin comida al alcance no había manera de detener la oleada de muerte que seguía arrasando con los más enfermos.

El general Anders no hallaba la manera de responder a las súplicas de las almas que tenían sus esperanzas puestas en él. Precisaba encontrar la salida del dédalo. En la Unión Soviética su pueblo estaba condenado a morir de hambre.

—El dueño de la granja nos regaló unos panes y nos pagó con carne de caballo por haber limpiado su casa. No tendremos los doce platillos. No importa, vamos a celebrar la Nochebuena como se debe: optimistas porque es la primera que pasaremos en libertad después de aquel infierno. Irena, hermana, ¿qué te pasa? ¿Por qué lloras?

—Cada vez hay menos raciones de comida. Me preocupa qué vamos a hacer, Ania.

—Hoy no debes preocuparte.

—Sí... mañana será otro día. Mira, ¿ya te fijaste? El cielo, es como el de Komarno.

—No lo había notado, tienes razón. Y el clima, se siente como el invierno en Polonia: frío pero no de muerte. Así era antes del ocho de febrero.

—Ocho de febrero, cómo olvidar. Mandek ya no quiere que hable de esa maldita fecha. En realidad él ya no quiere hablar conmigo de nada.

—Ven, vamos a descansar un rato.

Ambas soltaron las herramientas con las que estaban colectado el heno y se sentaron bajo un árbol frente a la estepa que lucía más ingente que el mar. Hacía frío, un frío tolerable gracias a la resolana indulgente. El cielo libre de nubes era un marco muy bello para una pintura tan triste.

—Llegaron en la madrugada. Escuché sus pisadas a metros de distancia. Golpearon la puerta y Mandek les abrió. Los niños dormían. Pensé que quizá se trataba de algún malentendido, una equivocación. Creo que todos llegamos a guardar esa esperanza, ¿cierto? —Ania asintió sin interrumpirla—. Pero no había dudas, nos llevarían quién sabe a dónde. Ordenaron que nos diéramos prisa. Una maleta por adulto. Desperté a los niños y preparé unas cobijas, abrigos, pañoletas. Nikolai y Aron estuvieron listos de inmediato, pero Paulina se abrazó a su almohada y se echó a llorar. Yo le rogaba que se levantara, que guardara silencio, que obedeciera… Me desesperé y la tomé con fuerzas de los brazos, agité su cuerpecito. Qué ironía, le grité ordenándole que se callara. Cuando me di cuenta, un soldado nos observaba burlón desde la puerta de la habitación.

La voz de Irena se agrietó. Le costaba trabajo hablar de lo ocurrido, aunque necesitaba hacerlo. Quería exorcizarse de lo que, hasta ese entonces, no había compartido con nadie.

—¿Qué fue lo que hizo el soldado?

—Paulina lloraba tanto que se estaba ahogando. Estaba enrojecida. Fue mi culpa. Yo agravé la situación cuando la reprendí con violencia. Fue… yo…

Ania la abrazó y, recostada en el hombro de su hermana, Irena siguió hablando con la mirada extraviada en ese ocho de febrero.

—La golpeó, Ania. Frente a mí y a su padre, el maldito soldado la apaleó. Cuando la niña se desmayó del dolor me la lanzó al pecho. Se sentía como si fuera un trapo mojado.

Creí que estaba muerta. Mandek intentaba comprobar si estaba viva sin poder hacer ruido o algún movimiento brusco. Enseguida nos ordenaron que saliéramos. En cuanto nadie nos vio, le dije en voz muy bajita que la niña respiraba. No me respondió, solo lloraba. Han pasado casi dos años y sé que aún me culpa.

—¿Has intentado hablar con él?

—Sí, pero jamás logro cruzar la línea del "olvídalo, ya pasó" o del "prefiero no hablar de eso". Cuando nos llevaron al primer campo apenas lo veía. Estaba siempre parco y en los días de descanso se ocupaba con cualquier actividad que lo alejara de la familia: limpiaba las letrinas o pelaba papas a cambio de pan. Era como si no soportara nuestra presencia.

—Todo cambió ese ocho de febrero, Irena. Necesita tiempo.

—Le tengo miedo, Ania. Se pasa las horas mirando a cualquier punto y no descifro qué es lo que piensa. Habla con Jan no tengo claro de qué. Cuando me acerco los dos se quedan callados.

—Presiento que quieren unirse al ejército.

—No, no lo creo. Unirse a los soviéticos no tiene sentido —respondió Irena.

—Miles lo están haciendo a través del general Anders y se espera que lleguen más. Por qué no tendría sentido para Mandek y Jan.

—No, ¡no! Los conozco. Quizás están planeando la manera de volver a casa y no nos lo dicen para no crearnos falsas esperanzas. Jamás nos dejarían, Ania, no aquí… no aquí. No podría vivir sin él. Lo amo, es el padre de mis hijos.

—Vamos, sigamos recogiendo el heno. Hoy es Nochebuena y la celebraremos en libertad.

—Ania, ¿en verdad crees que ya somos libres?
Alrededor de una fogata, la familia completa se dispuso
a cocinar la carne de caballo. Halina calentó el té y desenvol-
vió unos panes tibios que todos admiraron como si se tratara
de un preciado manjar. Los niños se abalanzaron. Patryk pedía
a sus nietos un poco de paciencia.

—Dejen que la abuela sea quien los reparta, ¿de acuerdo?

—Aquí tienen. Uno para cada quien.

—¿Y qué hay que celebrar, mamá? —preguntó Jan.

—Que es Nochebuena.

—Es increíble que les queden ganas de celebrar algo.

—Jan, por favor. Otra vez, no —le pidió su padre. Con
discreción señaló a los niños.

A regañadientes, el muchacho guardó silencio.

—Mientras se cocina la carne, vamos a cantar y luego
hacemos oración. Patryk, ¿conseguiste el violín? —preguntó
Halina para animar la reunión.

—Yo me voy de aquí —replicó Jan alejándose de la fogata.

Halina fue tras él. Quería convencerlo de que volviera. Al
cabo de un rato de discusión y mímica, los demás vieron que
lo abrazaba sumergida en un doloroso lamento.

"Jan se va. Lo sabía", sollozó Ania cuando vio a su padre
apresurarse a consolar a su mujer.

—¿Pero qué es lo que está pasando? —preguntó Irena.

—Déjalos, no te acerques. Jan les está diciendo que él
y yo hemos decidido alistarnos en el ejército —le informó
Mandek sin emoción.

—¡Pero qué has dicho! Tú no puedes hacernos esto. Mi hermano te metió esa estúpida idea en la cabeza, ¿no es así? ¡Mírame cuando te esté hablando! —alegó Irena desesperada.

—Está decidido.

—¿Ah, sí? ¿Y cuándo lo decidieron? ¿Cuándo me preguntaste qué opinaba?

—Cálmate, Irena. Cuando te alteras puedes provocar muchas desgracias.

—No puedes seguirme reprochando eso que pasó. Mandek, por piedad, ¿es que nunca vas a perdonarme?

—Eso no tiene que nada que ver. Lo pensé mucho y debo irme.

—¡Maldito egoísta!

Irena se acercó a Jan y le dio una bofetada sin anuncio previo. Ania, frente a la fogata, contemplaba la escena tras las llamas que soltaban pequeños chasquidos. Sus sobrinos, sin prestar atención a los adultos, se comieron el pan que los demás habían dejado. Mandek le dio un sorbo al té y se acercó a ellos con la calma de un elefante viejo. Los abrazó. Los niños no dejaban de comer. Ania los dejó solos, a unos y a otros. Se sentó en un lugar desde donde podía ver las dos escenas de manera simultánea.

—Haz lo que quieras, Mandek. Para mí estás muerto. Vamos, niños —le dijo arrebatándole a sus hijos para llevarlos al granero.

Mandek miró a su familia alejarse. No intentó ir tras ellos. Se quedó sentado frente a la fogata con los puños y los párpados apretados. Ania escudriñó en su semblante como si intentara ver en su interior. Jamás lo había contemplado con tanto detenimiento. Cayó en la cuenta de que Mandek iría a la guerra porque precisaba, al igual que Jan, poner su hombría a prueba. ¿Qué iban a decir cuando lo vieran entre las mujeres, los niños y los ancianos huyendo de la zona de conflicto? Él nunca hizo otra cosa que trabajar en el campo. Lo suyo era sembrar, cosechar y soñar con alcanzar a su hermano en Pensilvania; ese era su tema recurrente. Ania recordó al Mandek de Komarno: barba cerrada y ligera, cabello castaño, ojos tristes como almendras secas, alto, muy delgado y con la espalda ligeramente encorvada. Sus manos largas y huesudas eran de tacto delicado. Igual cortaba frutos que mecía a sus hijos. "Qué va a saber de fusiles y bombas", pensó sin lograr imaginar a su cuñado enfundado en un uniforme militar, con la certeza de que él, así como lo había dicho Irena, se sabía muerto.

La fogata se consumió y la carne de caballo se hizo cenizas.

23

¿Qué desterrado de su patria puede huir de sí mismo?

Horacio

En marzo se paladeó un dejo de tensión entre los soviéticos y los polacos. Las raciones para los exiliados y miembros del ejército de Anders se reducirían todavía más, lo que con seguridad ocasionaría un desastre humanitario. Para intentar resolver el problema, solicitó una entrevista urgente con Josef Stalin, quien lo recibió en Moscú el día dieciocho.

La tensa discusión culminó en un acuerdo renovado: puesto que el gobierno soviético se comprometía a proveer de alimento únicamente a cuarenta mil combatientes, el general polaco le solicitaba la salida a Persia, hoy Irán, de los otros cuarenta mil militares y civiles que no podrían ser beneficiados por su gobierno. Stalin, que se había mostrado reticente ante la idea de dejar salir a los polacos de sus dominios, valoró la situación y por fin accedió. Los dejó ir hacia esa zona en conflicto por sus alianzas con los alemanes y su displicente relación con la Unión Soviética.

El primer grupo de refugiados compuesto por aquellas primeras cuarenta mil almas se trasladó a la estación de trenes de la ciudad de Tashkent. El tren se asomó en la distancia apremiando con los silbidos de su máquina la memoria herida

169

de los polacos. Algunos lloraron, otros más, se resistían a entrar traumatizados por lo ocurrido en febrero de 1939.

—Halina, sube.

—Es igual que el otro, Patryk.

—No, mujer, no es igual.

—No lo creo, ¡no les creo nada!

—Vamos, anda.

—Señora, ¿está todo en orden? —le preguntó un soldado polaco.

—Es que usted no lo entiende.

—Por supuesto que sí. No tiene que preocuparse. Nosotros estamos pendientes de todos ustedes. Tenga confianza.

El soldado le dio la mano para ayudarla a subir. Halina, resignada, abordó el vagón llorando desconsolada.

… del Hijo, del Espíritu Santo…

Un hombre calvo, muy delgado, comenzó su oración justo cuando el tren abandonó la estación. Apenas tenía voz, por lo que los tripulantes guardaron silencio. Querían escuchar la plegaria del viejo pope que había sido leyenda por haber pasado casi un mes en la celda de castigo en uno de los campos de la región de Kolymá, conocida por ser de las más sobrecogedoras. El hombre hacía dos rezos simultáneos, uno para sí mismo, otro para los demás:

—Camino construido sobre los huesos que se asoman por el suelo como jaulas de ave. Golpeteo del martillo. Dolor. Sordera. Aflicción día y noche. Hambre. Fui prisionero, también fui inocente como todos ustedes, hermanos míos. Kolymá me arrastró al infierno. Oh, Señor, yo que soy ejemplo de lo que puede hacer tu divina mano, te pido que protejas nuestras vidas en este camino interminable. Ten piedad de estas almas torturadas. Ten piedad de mis pulmones mutilados... Dios —alzó el pope su voz tenue—, escucha a tus hijos sin tierra, a los que sufren el exilio, a los que se unirán al ejército, a los enfermos, a los moribundos, a los que se van a tu encuentro.

—Amén.

Después de muchísimo tiempo, Ania pronunciaba un "amén" con auténtica devoción.

Atravesaban el desierto dejando en el camino los cuerpos de cientos que no libraron las enfermedades. La arena se fue grabando con las huellas de la guerra. Enfermedad, muerte, ausencia. Los hijos de la Polonia saqueada seguían pereciendo lejos de su tierra y mientras esto ocurría frente a Ania, no podía olvidar, ni siquiera en sus sueños, que su familia corría el mismo riesgo de resquebrajarse si se resbalaba de las manos de Dios, como cuando jugueteaba con las muñecas de porcelana y se caían de sus manos torpes.

—Es horrible. Primero temerle a la ocupación, luego a la esclavitud, y ahora al destierro.

—Pues a mí me gusta pensar que esos temores se disipan en la medida en que nos vamos acercando a la libertad —le dijo una voz que desprendía un suave aliento de niño.

—Está cubierta de cadáveres y enfermos.

—Aunque se vista de luto, la esperanza sigue siendo esperanza. Además, la muerte es la estación final del tren de la vida. Uno cumple su misión y no hay más qué hacer aquí.

—Ahora mismo no sé si estoy muerta o dormida.

—Duermes. Estás recostada sobre el hombro de tu madre.

—El camino es largo. Estoy rendida.

—Ya hemos pasado lo peor. Siberia está muy lejos. Resiste un poco más.

—Es lo que he intentado hacer desde que salimos de Polonia. Me refería a rendida de agotada, no de derrotada.

—Menos mal… Ania, me siento obligado a darte un consejo. Es importante que hables con Jan. Despídete como es debido. Él irá a la guerra y no sabes si volverás a verlo.

—No, no puedo hacerlo. Estoy furiosa.

—Como quieras. No insistiré.

—Mejor. Cada quien su vida. Él no pensó en nosotros cuando se alistó.

—No sé qué decirte.

—Cuando lleguemos a Krasna… Krasno…

—Al puerto de Krasnovodsk en Turkmenistán. La última parada antes de salir del dominio soviético. Desde ahí partirás a Persia.

—Sí. Cuando lleguemos Mandek y Jan se irán al campo de entrenamiento. Me lo contó papá.

—Tú sabrás qué hacer, si no mañana, quizás en cincuenta años.

—¿Dónde estaré en cincuenta años?

—No sabemos, pero no tengas miedo. Pronto conocerás la playa. Caminarás sobre la arena y pensarás en mí cuando metas tus pies en el mar.

—¿Y luego?

—Luego me olvidarás y después me recordarás de nuevo.

Cuando arribaron al puerto de Turkmenistán, observaron que miles de personas ya esperaban el barco Znadov. Funcionarios soviéticos y polacos revisaban la documentación de los exiliados antes de permitirles el embarque. Mujeres y niños, primero. Sol, sed, hambre, desmayos. Los trámites burocráticos tardaron horas hasta que finalmente el barco partió del muelle. Al caer la noche, la costa soviética se fue haciendo pequeña y por fin desapareció como el último fulgor de un cerillo mojado.

Otra multitud de exprisioneros se quedó varada en la costa mirando el barco desaparecer en el horizonte. Quienes no alcanzaron lugar no tuvieron más remedio que organizarse para caminar desde la frontera sur de la Unión Soviética hasta Persia. Muchos murieron a causa del frío, el hambre y el agotamiento.

El barco estaba abarrotado.

Desde la proa, Ania contemplaba la tenue línea que dibujaba la intersección del cielo y el mar imaginando su nuevo destino. Su familia se había recostado cerca de donde estaba ella, incluidos Jan y Mandek, a quienes Irena y Ania seguían sin dirigirles la palabra. Nadie quería forzar una reconciliación. Un paso mal dado desencadenaría una discusión que por el momento era innecesaria. Ya habrá tiempo de aclarar las cosas, pensaban todos extendiendo el silencio de hipócrita amnistía.

La madrugada pilló a Ania extraviada en el horizonte. Adentro no había siquiera espacio para sentarse, y mucho menos para estirar las piernas. Afuera todo era oscuro y vacío. Era mucho más feliz viendo las aguas abrillantadas por la luna que a las multitudes que abarcaban la cubierta como si fueran una espesa capa de lirios muertos. Mejor perderse en el ruido que hacía el buque al cortar el mar, en las estrellas que se asomaban para hacerle compañía a la luna o en las luces violáceas que anunciaban que en unas horas saldría el sol. "Es cierto, en todas partes hay belleza", meditaba mientras el aire le removía el cabello que le había crecido hasta cubrirle las orejas.

Los que se iban espabilando con las primeras luces de la mañana clamaban por agua y comida. Y como ocurría siempre que las multitudes se descontrolaban, todos los rincones se infestaron de orines y heces.

El calor del día se fue haciendo sofocante. Los contagiados de tifus y disentería no tenían manera de tomar distancia de los sanos. Cuando alguien moría, los tripulantes lo arrojaban al mar sin tiento ni exequias. Presenciando la tragedia cada vez más soportable ante sus ojos, Ania recordó uno de los más tristes poemas de la vieja Olga:

Muertos en el tren, lanzados a la nieve.
Muertos en las barracas, enterrados en el bosque.
Muertos en el barco, echados al mar.
Mi Polonia querida: madre impotente, padre desesperado.
¿Hasta dónde tendrás que ir a llorar
ante los restos de tus hijos que el invasor no se cansa de vejar?

Al mediodía el bochorno ya era insufrible y dentro de los camarotes el tufo y el calor eran todavía peores.

Ania se sentía mareada y un escalofrío le recorrió la columna vertebral como si un témpano de hielo se deslizara a través de ella. Los labios secos, la frente caliente y las extremidades temblorosas no la engañaban: estaba muy enferma. "Con que no sea tifus ni disentería, me conformo", rogaba al cielo recostada sobre la proa y arropada por el sol.

El vigor con el que caminaban todos por el barco buscando alimentos, medicinas y explicaciones se fue apagando. Conforme pasaban las horas, los exiliados se movían y hablaban menos. Ania los contemplaba desde el piso, sobre todo a su familia que seguía padeciendo el drama de la despedida inevitable igual que el enfermo que sabe que al día siguiente le amputarán una pierna. Jan y Mandek se irían, eso era una realidad con la que todos deberían lidiar.

Huérfanos, viudas por doquier, ¿qué les hacía pensar que no resentirían los azotes de la guerra? ¿Las oraciones de Halina? No, eso era el mundo real, y nadie se salvaría de ver partir a sus seres queridos, mucho menos en aquel barco que si a algo olía era a desechos. Todo cuanto estaba ahí eran los desechos de quienes los consideraron innecesarios, irrelevantes, insuficientes. Por eso los habían despojado de su tierra y por algo ya no los querían en ningún sitio. Tan indeseados eran que Stalin había preferido liberarlos que darles de comer. Ahora eran una masa de chinches y mugre lanzada de un lado a otro, ellos que hace unos años eran poseedores de la tierra más codiciada por Alemania y la Unión Soviética, flotaban en el mar sin ser capaces siquiera de ver las manos que sostenían el timón del barco.

La asaltaron imágenes oníricas: la mano de su madre tocando sus mejillas y sus labios. Los ojos de su padre fijos en los suyos, la voz de su hermana clamando por un poco de agua. Trapos húmedos, salados por el agua del mar. La fiebre se agudizaba. Callada, con los ojos calientes bajo una sábana que Irena le colocó para protegerla del sol, Ania añoraba que pronto se hiciera de noche. Sentía que el corazón se le oprimía y que sus pulmones ya no resistían inhalar la pestilencia que no daba tregua ni siquiera por estar tumbada al aire libre.

Cuánto deseaba volver a sentir la frescura de la noche en el porche de su casa, mecerse bajo el canto de los grillos, ver a las luciérnagas bailoteando por lo bajo. Su boca era una costra blancuzca y desde que subieron al barco lo único que había comido era un trozo de pan y un vaso de agua. El estómago enjuto, chupado como una ciruela pasa humedecida únicamente por los jugos gástricos que le subían al paladar. Hambre. Sed. Ya no estaba en el campo de trabajo pero esas sensaciones permanecían inamovibles en el organismo que iban carcomiendo. La boca siempre con un resabio amargo como si hubiera masticado una alcachofa. Quizá ya ni siquiera era capaz de disfrutar del sabor de un buen trozo de chocolate. Cómo le hubiera gustado tener una barra en ese momento, oler su dulzor lechoso, romper un trozo y frotarlo con la lengua hasta que se deshiciera. Luego, comer un tanto más, terminarse toda la barra sin pensar en guardar un poco porque sabrá Dios cuándo podrá disfrutar de otro. Decir que ya no quería más porque tanto dulce le había hostigado. Rechazar el ofrecimiento de su madre: ¿más leche? ¿Otro postre? Responderle que no porque tenía la barriga llena y los labios ajados, ahora estaban húmedos de leche con miel. "Ya no puedo más, ya no. Me duele, todo me atormenta. A nadie le importa quién soy: qué tal. Me llamo Ania, soy hija de un carpintero y una campesina. Quiero morirme, ¿podría acaso hacerme alguien el favor de lanzarme al mar?". Estaba mareada, alucinando, segura de que su vida sí tendría valor de haber nacido hija de Hitler o Stalin, porque era sabido que Stalin tenía una hija. "Quisiera ser Svetlana para que me mimaran, usar vestidos bonitos y dormir en una camita mullida todas las noches. Quisiera ser Svetlana la princesita, la prisionera, la huérfana". El vaivén del barco que la enloquecía terminó por dormirla.

"Hay muertos que parecen dormidos y dormidos que no saben que ya están muertos".

Tras un descanso medicinal, Ania atinó a darse unas suaves bofetadas y se sentó. Era casi de madrugada. Junto a ella encontró un vaso de agua que bebió con ansias. Por fin la noche le devolvía la lucidez. Respiró hondo y reflexionó sin miramientos: su cobardía era inaceptable, máxime cuando ya estaban tan cerca de Persia. "Pobre Svetlana, ella jamás podrá salir de su reino".

24

No se puede ser infeliz cuando se tiene esto:
el olor del mar, la arena bajo los dedos, el aire, el viento.

Irène Némirovsky

Habían pasado dos días desde que zarparon de la Unión Soviética.

Divisaron la costa persa de Pahlevi una hermosa mañana nublada por el descubrimiento de decenas de cadáveres que parecían dormitar en la proa del barco. Los marineros los arrojaron por la borda antes de arribar al puerto, donde una fila de camiones esperaba a los recién llegados para ubicarlos en el campamento. La Cruz Roja Británica y funcionarios del gobierno polaco se encargaron de la logística y atención médica de los exiliados.

—¡Hagan una fila para que pasen en orden! Primero, a esta área, donde vamos a quitarles la ropa que llevan puesta y revisaremos su estado de salud. Los enfermos serán llevados a una zona separada —ordenó un médico ante una multitud desordenada.

El cuarenta por ciento de los pacientes ingresados en el área especial tenía tifus. La mayoría de ellos murieron uno o dos meses después de su llegada; solo había diez médicos y veinticinco enfermeras que no se daban abasto por mucho que lo intentaban.

—Estarán aquí de manera provisional. En unos días serán trasladados a otros campamentos —anunció otro médico.

En la llamada zona limpia los recién llegados fueron trasladados a unas carpas donde les quitaron las ropas y las quemaron. Luego, se ducharon y les afeitaron la cabeza para evitar la proliferación de piojos. Ania se volvió a despedir de sus incipientes rizos, pero en circunstancias más esperanzadoras. Un pañuelo floreado y colorido le ayudó a subsanar la pena de ver su cabeza rasurada como en sus días en el Gulag. Al final, los voluntarios les entregaron sábanas y mantas, y fueron ubicados en sus respectivas casas de campaña color sepia.

—Por lo menos aquí tenemos colchonetas —bromeó Halina con lo que su hija le dijo justo cuando habían entrado a las barracas.

—¡Qué graciosa eres!

—No, hija, en serio, dime cómo estás, en qué piensas.

—¿Sabes, mamá? No puedo decir que estoy perfectamente bien, eso sería una mentira. Pero te confieso que voy recuperando las fuerzas. Por lo menos ya no tengo fiebre. Temía que fuera tifus.

—¿Y la fe?

—¿La fe en Dios, te refieres?

—Sí. En la humanidad, en la vida, en Dios…

—Supongo que necesitaré tiempo para recuperarla.

—Ojalá Jan también recupere la fe algún día.

—A él le da igual. De cualquier manera para mi hermano no hay cosa más importante que el honor.

Era difícil apaciguar la tristeza del destierro. Durante las noches los exiliados encendían fogatas y tomaban té. Conversar bajo el arrullo de las olas era reconfortante para el alma y pisar la arena con los pies descalzos era el constante recordatorio de que Siberia quedaba ya muy lejos.

A Ania le agradaba mirar el fuego prestando atención al crepitar de las brasas. Se abrazaba a sus rodillas y pasaba un largo rato contemplando las chispas que saltaban al cielo y se desvanecían en él. "Antes de que nos lleven al otro campamento, debo ir a meter los pies en el mar". Era una oportunidad que no desaprovecharía.

—Pronto tendremos que despedirnos y parece que Irena y tú se han puesto de acuerdo para hacernos las cosas más complicadas —se le acercó Jan interrumpiendo sus cavilaciones.

—Jan, no tengo ganas de discutir el asunto. Tú y Mandek lo tenían decidido desde hace tiempo. Jamás nos preguntaron qué opinábamos. Nos avisaron y ya.

—No es así de sencillo.

—¿Ah, no?

—No, Ania. No lo planeamos juntos. A decir verdad… olvídalo, te vas a enfurecer más.

—Dilo, ya no hay remedio.

—Yo lo decidí desde el día que fuimos a la oficina de gobierno, ¿recuerdas?

—Sí —respondió el monosílabo estupefacta.

—Mandek el día que apalearon a su hija.

—Lo sabías, ¿él te lo contó?

—Me lo contó. Tiene la ira acumulada en el pecho.

—Es que hace menos sentido, todavía. Jan, los soviéticos son los que nos despojaron de todo, y se van a unir a su maldita causa…

—¡Por eso es que no nos entendemos! Piensas de una forma tan reducida. A nosotros nos importa un carajo la causa de los bolcheviques —alzó la voz y las cejas arrugando la frente.

—¿Entonces?

—Lo que queremos es salir al campo de batalla. Ahora mismo no hay otra opción. Mi causa, la de Mandek, la de los miles de polacos del batallón de Anders no tiene que ver con Stalin. Tiene que ver con la emancipación.

—Y en medio del honor y esa emancipación mandas a la familia al demonio. No, Jan, no digas más. Tú crees que no te entiendo, siempre lo has creído: "las mujeres no saben del honor, de la hombría. Eres débil. Te la pasas lloriqueando". Me has repetido esas frases tantas veces que ya he perdido la cuenta. Yo también puedo alzar la voz, hermano, y también soy fuerte. Déjame preguntarte, ¿me has vuelto a ver llorar? No. Eso pensé. No me has visto no porque me esconda, sino porque no me lo he permitido desde que el tren nos condenó al exilio. Yo también estoy aquí, y también sufrí a causa del Gulag… allá tú y tu estúpida hombría.

—Ania, yo…

—¡Cumplí quince años en un maldito vagón de tren! Y no, no me vayas a decir que soy una ridícula, sé que lo piensas. Sé que crees que mis sueños son insignificantes comparados con tu grandioso concepto del honor. Que un vestido no es nada frente al valor de un fusil, o que pensar en él… en… ya no quiero seguir hablando.

—En Cezlaw.

—Cezlaw no existe. Me voy de aquí, Irena me necesita para cuidar a sus niños.

Jan guardó silencio. Frente a la fogata que estaba a punto de extinguirse, meditó las palabras de Ania. Por un lado, se alegró de ver que la templanza consolidaba la fuerza de su espíritu, por otro, seguía pensando que ella no era capaz de comprender las razones de los hombres.

Al día siguiente, antes de que el sol saliera, Jan y Mandek se marcharon, sin despedirse, junto al general Anders rumbo a un campo de entrenamiento militar.

Ania corrió hacia la orilla de la playa alejándose del campamento. No quería ver llorar a sus padres ni a su hermana. La lista de las ausencias se hacía más larga y ya sentía la resaca del remordimiento por la discusión de la noche anterior. Pudo haber dicho adiós con un abrazo hipócrita, pero no, tuvo que abrir la boca y sacar toda la verdad que guardaba desde hace tanto tiempo. Un cúmulo de lágrimas, espesas como aceite, estaba atoradas en su garganta. Inhaló, exhaló.

"Jan, cómo pudiste…"

—¿Cómo dices que no existo?

—¡Cezlaw!

—Aquí estoy. Supe lo que pasó y lamento mucho que te sientas tan triste. Aunque, si eres honesta contigo misma, es algo que veías venir desde hace mucho tiempo.

—No estoy triste, estoy furiosa.

—Eso no es verdad.

—Claro que sí. Estoy muy enojada con Jan… abandonarnos así, sin más. Y todo por su estúpido honor.

—Él tiene una vida, su propio llamado. Toda esa rabia que fue acumulando, al final la ha puesto al servicio de una causa.

—La guerra.

—No, Ania, te equivocas.

—Dime entonces, al servicio de qué causa. Me vas a decir la cantaleta de la hombría. Si es así, ¿tú por qué no te has alistado?

—Es como si tuviera música. ¿Ya metiste los pies?

—¿Qué dices?

—Anda, hazlo, te va a gustar.

—Pero, ¿ya te vas?

—Mi mamá me rogó que no tardara. Se angustia mucho cuando me pierde de vista. Pronto nos veremos.

—¡Cezlaw! Irena y mamá te mandan saludos… ¡Cezlaw! ¡Escúchame! Tengo muchas cosas que preguntarte…

—¡Será después! Ahora disfruta el mar. Y no te olvides de colectar algunas conchas…

Tenía mayores preocupaciones que estar colectando conchas. Cezlaw había dado en el clavo, no estaba furiosa, estaba asustada y, para ser sinceros, no por la vida de Jan sino por la de ella misma, que veía su destino desmoronándose por las decisiones de todos a su alrededor, desde las de su hermano hasta las de los políticos en Moscú.

¿Qué esperaba Jan haciéndose el héroe? Al fin y al cabo, la guerra era como ese mar impetuoso arrastrando peces y crustáceos a voluntad, como esas conchas que, incapaces de moverse contra la corriente, terminaron en la costa persa, al igual que ella.

Se quitó los zapatos y sumergió los pies. La brisa acariciaba su cara dejando en ella un ligero sabor a sal. Era imposible no hipnotizarse por el sonido de las olas. "Es como el murmullo de Dios", pensó extendiendo sus brazos y sumergiéndose hasta las rodillas. Ania respiró hondo como queriendo sacar en sus exhalaciones los últimos vestigios de la nieve de Siberia… el mar le devolvió el abrazo con una ola que le mojó el pecho.

Volvió la calma.

"Que sean las olas las que nos lleven al buen puerto".

25

El carácter es la virtud de los tiempos difíciles.

Charles de Gaulle

Para finales de agosto de 1942, Persia ya había acogido a la mayoría de los exiliados en su costa. Gracias al clima cálido, fueron gradualmente recuperando la salud, eso si no cometían la imprudencia de comer cualquier cosa sin restricciones de proporción o higiene. Había quienes se alimentaban como si no fueran a vivir para contarla y esa comprensible imprudencia ocasionó que miles enfermaran y murieran de disentería aguda.

Tifus, disentería, ataques de pánico y escasez de alimentos eran los cuatro jinetes que todavía pendían entre las casas de campaña. Era preciso detener la contingencia, sin embargo, la organización y el desplazamiento de los polacos era una operación que requería de recursos, tiempo y la disposición de las grandes potencias.

Fue hasta finales de ese año cuando se anunció que serían reubicados en otros campamentos mejor establecidos, localizados en las ciudades de Teherán, Mashhad y Ahvaz.

—¿Oíste, papá? Nos toca ir a Teherán. Allá podrás ser atendido por un médico, estoy segura.

—¿Y por qué crees que necesito uno, Ania?

—Insistes en tratarme como a una niña tonta.

—Hija, no te enfades.

—Te olvidas que ya casi tengo dieciocho años.

—Es cierto, hija. Perdóname.

Ania respiró hondo intentando evocar la sensación de su cuerpo entre las olas del mar y se tranquilizó.

—No tienes por qué. Papá, habla conmigo como si fuera una adulta, te lo ruego. He visto que caminas cada vez con mayor dificultad y tu rodilla está inflamada, parece una calabaza. Mira, ni siquiera hay espacio entre ella y tus pantalones.

—Camino como pingüino —bromeó con su propia condición.

—En Teherán buscaremos a un médico. Aquí era imposible que nos atendieran, todos estaban ocupados cuidando de los moribundos.

—No sabes lo feliz que me haces, Ania.

—¿Por qué lo dices?

—Porque aunque insistas en que no te trate como a una niña, en tus palabras se vuelve a asomar la dulce niña que fuiste en Komarno.

—No te creas, tengo muchas recaídas —respondió con la mirada fija en la rodilla de Patryk—. Te amo, papá. No quiero perderte.

Recogieron sus pertenencias y se formaron para subir a los camiones. La espera bajo el sol, que alcanzaba el cenit de su resplandor, era un tormento, sobre todo para Patryk que no soportaba estar de pie por mucho tiempo y tampoco doblar las rodillas para tomar asiento. Era tanto su dolor que hasta parecía contagioso. Irena le ofreció su hombro para que lo usara de bastón y entre todos lo consolaban con la infructuosa frase: "ya falta menos".

Por fin abordaron uno de los camiones. Encontraron espacio en los asientos de la parte trasera, un lugar ideal para que Patryk pudiera viajar con las piernas estiradas en el pasillo.

El camino atravesaba las montañas secas. Los conductores persas, hábiles y conocedores de las veredas, maniobraban los volantes haciendo brincotear los camiones. Esa era la desventaja de sentarse hasta atrás, donde los saltos se sentían más intensos. Patryk lloraba en silencio por el zangoloteo que le pulverizaba las rodillas.

"Ya falta menos. Ya falta menos".

Cerca de ellos, una anciana abrazaba un bulto de ropa en tanto que su esposo la abrazaba a ella. Ania recordó de repente la pareja con la que habían compartido el vagón con dirección a Siberia, aquellos que no se soltaban de las manos ni cuando bajaban del tren a recibir comida.

—Cada vez quedamos menos —escuchó que le decía el anciano a su mujer.

—¿Cuántos seremos? ¿Cuántos miles?

—Escuché que decían que habíamos salido muy pocos comparados con los que llegamos a la Unión Soviética. Si restamos a los que se quedaron en el ejército y los que han muerto, no lo sé... —interrumpió sus cuentas—. No sigo, mujer. Me niego a contar a los sobrevivientes como si fuéramos cabezas de ganado.

"Ya falta menos. Cada vez menos".

Después de doce horas de camino, arribaron a Teherán. Ocuparon un cuartel abandonado de la Fuerza Aérea donde se alzaron casas de campaña. Los niños recibieron chocolates y las mujeres pudieron elegir entre metros de tela estampada y colorida para coser algunas prendas. Ania le pidió a su mamá que le hiciera un vestido, uno color celeste, similar al que tenía guardado en un sitio especial de su ropero en casa y que le gustaba tanto.

—Te verás muy linda, hija.

—Casi dieciocho años y tengo las mismas medidas que cuando tenía catorce.

—Ya te vas recuperando. Mira tu cabello, ha ido creciendo y tus mejillas ya no están pálidas. El sol te está haciendo bien.

—A mí sí, a papá lo está enfermando. Ya ni siquiera se puede levantar.

—Tenemos que cuidarlo. Yo buscaré trabajo para hacernos de algo más que las raciones de comida que nos den aquí. Me enteré de que hay unos campesinos que dan carne de caballo a cambio de colectar heno, igual que con los soviéticos. No suena mal, mañana iré a buscarlos.

—Yo iré contigo, mamá. Verás cómo salimos adelante.

Cuando estuvo listo, Ania abandonó apresurada el taller de costura con su vestido nuevo. Quería mostrárselo a su papá, que estaba sentado en una silla de madera afuera de su casa de campaña, observando entretenido cómo una mujer que tenía el cabello atado con una pañoleta marrón decoraba la entrada de su casita de lona con un águila polaca hecha de piedritas, hierbas y flores extendidas en el suelo.

Ambos conversaban de los tiempos anteriores a la guerra y Ania no quiso interrumpirlos.

Se paró al lado de su padre, quien seguía ensimismado con el trabajo artesanal que iba cobrando la forma de la bandera de su patria, como si le hubiera pedido prestados los ojos a un niño, y con ese mismo júbilo remembraba sus tiempos de carpintero y lo mucho que le gustaba ir a pasear a la gran ciudad de Lwow a donde compraba sus herramientas y algunos dulces que no conseguía en su pueblo.

—Allí también compré mi violín, en una tiendita de música muy bonita y rústica.

—Era una ciudad hermosa, señor. Varsovia, Cracovia, también ¿ha estado usted allá?

—No, pero cuando esto pase, llevaré a mis hijos de paseo. Le presento a mi hija Ania. Es la más pequeña de los tres que tengo.

—Mucho gusto —respondió Ania con simpatía.

—Igualmente, muchacha —dijo amable, sin dejar de espolvorear los pétalos en su pieza de arte.

—Papá, mira, ¿te gusta? Lo hizo mamá y ahora está cosiendo uno para Paulina.

Patryk la contempló deteniéndose en sus iris azules y estiró sus brazos para que ella se abrazara a él.

—No te gusta, ¿verdad? Estoy tan flaca.

—Cómo puedes decir eso, hija. Además, con todo te ves linda. Principalmente con el azul. Es un vestido muy bonito.

—Te sigue doliendo la pierna ¿cierto? —Patryk asintió—. Hay que insistir con los médicos para que nos digan qué podemos hacer para que te alivies.

—Cuando veníamos hacia acá, perdí el violín que hice en Siberia.

—Papá, no me estás escuchando.

—Es natural, en la medida que vamos caminando, hay cosas que se van haciendo menos o más importantes. Empiezas a caminar en el invierno con un abrigo muy grueso a cuestas y en el verano lo arrojas al suelo porque te sofoca.

—Papá…

—Yo no decido cuándo y dónde terminaré de caminar, eso lo decide Dios, no los médicos.

—Amén —contestó la mujer sin hacer pausas.

Seguía colectando piedras y colocándolas en la cabeza del águila en tanto que escuchaba la conversación a medias lanzando de vez en cuando un triste suspiro, recordando quizás todas las cosas que ella también había abandonado en el trayecto del exilio.

—No me gusta que digas eso. Me recuerda el día en que me dijiste que nadie te haría un ataúd cuando murieras.

—¿Y qué importa si no me lo hacen? ¿Sabes qué es lo más importante para mí? Llevarme en el corazón tus ojos, los de Irena, los de Jan, los abrazos de mi esposa y las risas de mis nietos. Ustedes son mi tesoro.

—Papá… sígueme contando de Polonia —interrumpió la conversación que le sabía a despedida.

La mujer se irguió y, satisfecha con su trabajo, invitó a todo el que pasaba a detenerse a contemplar el águila polaca.

—¡Pero qué bonita es! —dijo Ania lamentándose de no ser como la vieja Olga, a quien jamás le faltaron palabras para describir la belleza.

"Ojalá ya se haya reencontrado con su esposo, ¿o será que sigue pelando papas en Siberia mientras recita sus poemas? Pobre. Ojalá pronto pueda descansar en paz". Era horrible desear que alguien encontrara la paz bajo el manto de la muerte, reflexionó con la mirada puesta en el águila.

—Papá, no sé si un día volveremos, creo que ya no importa. Lo único que deseo con todo mi corazón es que…

—¡Espera, no lo digas aún! —interrumpió Patryk mientras estiraba su brazo para alcanzar un diente de león. Lo arrancó de la tierra y se lo dio a su hija—. Ahora sí, pide tu deseo y sopla.

—Deseo que todos hallemos la paz.

Sopló. El viento se llevó las semillas plumosas cargando con el deseo de Ania.

—Descansar en una cama calientita después de haber tomado un té acompañado de unas galletas recién horneadas —replicó la mujer evocando el olor a mantequilla.

—Yo sí deseo volver a Polonia —sentenció un joven que se había detenido frente a la casa de la artista.

—¡Y yo… unos dulces de leche! —farfulló Paulina que salió de la casa de campaña para abrazar a su abuelo.

—Y tú, papá, ¿qué deseas?

—Mi deseo es un secreto.

26

La muerte no es más que un cambio de misión.

León Tolstói

Patryk encontró la paz en el bondadoso amparo de la muerte. Halina sacudió su cuerpo en un vano intento de reanimarlo. Hijas y nietos se congregaron alrededor del cuerpo de quien siempre fue el cimiento y soporte de la familia. Lloraron todos, menos Ania, bajo el exiguo consuelo de que ya no sufriría más.

Irena salió en busca de unas sábanas blancas que sirvieron para preparar la rudimentaria mortaja con la que lo despedirían. Antes de envolverlo, Halina le peinó el cabello con los dedos y le colocó entre las manos una cruz hecha de madera. No cesaba de llorar. "Mi consuelo es que ya no sufrirás, mi amor. Has llegado a la estación final con los pies limpios y las manos destruidas por la madera. Siempre la madera. Desde la cuna hasta la tumba, todo de madera. Por eso Dios no habrá querido que fueras a su encuentro dejando tu cuerpo guardado en una caja bajo la tierra".

Volvía a acertar la vieja Olga: "la muerte era, desde el exilio en Polonia, la más fiel compañera de viaje. Nadie la desconocía, todos la sentían cerca. Abrazaba a los enfermos y amenazaba con llevarse a los rebeldes a punta de plomazos".

La muerte: mal y remedio,
castigo y expiación.
Eres la paz del redimido,
la condena del pecador.

Todos le temían, pero siempre llegaba el momento en que le rogaban que los recogiera.

Con ayuda de algunos hombres, colocaron el cuerpo de Patryk en la fosa que compartiría con otros muertos anónimos. Cuando hubieron cubierto el hueco de tierra, Halina se lanzó al montón de tierra prorrumpiendo en lamentos.

Ninguno de los que asistieron a rendirle una breve oración al recién difunto se atrevió a alzar a la viuda. Ania no podía llorar, ni quería. Intentaba buscar en su memoria anécdotas que la distanciaran de la fosa, como el niño ansioso de encontrar un tesoro en un baúl atiborrado de juguetes y chucherías. Irena, en cambio, además de huérfana, se miraba a sí misma en la imagen de su madre y se pensaba viuda.

—Se están yendo todos, Ania.

—Debo alejarme de aquí, ¿me acompañan, sobrinos?

Solo el pequeño Nikolai quiso acompañarla. A sus cinco años le costaba asimilar lo que pasaba a su alrededor, aun cuando era el más habituado al ir y venir, pues los recuerdos que guardaba de su hogar en Polonia de tan vagos eran casi inexistentes.

Comprendía que el abuelo estaba muerto, pero no tenía idea en dónde estaba su papá. *Morir* era un verbo que entendía mejor que *combatir*, por eso cuando su mamá le decía que su padre había decidido ir a "luchar por la patria", se quedaba con la misma interrogante.

Ania caminó hacia el campamento con su sobrino. Le urgía tomar distancia de la escena porque, como no era capaz de llorar, sentía que estaba fuera de lugar en el sepelio.

—No estés triste, tu papá se fue al cielo. El mío desapareció y no sé dónde está —le dijo el pequeño Nikolai.

—Algún día volverá, ya lo verás —respondió Ania abrazándole muy fuerte.

27

MEXICO CITY, Dic. 28 --
El general Vladimir Sikorski fue recibido por el presidente
Manuel Ávila Camacho y el ministro del exterior Ezequiel
Padilla. En su visita suscitó comentarios amistosos en la
prensa que, siguiendo el ejemplo del discurso de bienvenida
del presidente Ávila Camacho en la audiencia oficial
otorgada al primer ministro polaco, enfatizó las relaciones
amistosas que siempre han existido entre México y Polonia.

Fragmento de la nota de *The New York Times*
del veintiocho de diciembre de 1942

Días después de la muerte de Patryk, un grupo de soldados
británicos llegó al campamento llevando consigo leche, chocolates, comida enlatada y carne para celebrar el comienzo de
un nuevo y prometedor año.

Así como Polonia, Persia estuvo condenada a la invasión
extranjera desde 1941 debido a su desafortunada ubicación
geográfica. Soviéticos y británicos ocupaban la región y en
medio de esa intrincada circunstancia, los polacos exiliados,
que ya eran en su mayoría mujeres y niños —muchos de ellos
huérfanos— encontraron un refugio que, aunque humilde y
temporal, alcanzaba para alimentarlos, aunque fuera con
mendrugos.

Se había instaurado un colegio donde enseñaban polaco a los niños, las muchachas aprendían costura y las mujeres trabajaban en el campo colectando heno. Las casas de campaña estaban alineadas en calles que llevaban el mismo nombre que algunas en Varsovia.

Los británicos anunciaron que nazis y soviéticos seguían ocupando Polonia. Volver al hogar no era una opción. "Lo único que los hace distintos es el uniforme", se escuchaba en las conversaciones del campamento al referirse a los invasores. Unos les llamaban campos de concentración, otros campos de trabajo forzado, ¿en qué se diferencian las frases *Honor y gloria al trabajo* y *El trabajo libera?* ¿Qué distingue a Stalin de Hitler?, discutían los exiliados intentando ponerse de acuerdo en quién era el peor de los dos.

"Y a mí qué me interesa ese par. Da igual lo que decidan, con quién se reúnan o con quién terminen de pelearse si yo ya no tengo nada más que tirar en el trayecto que me ha tocado recorrer. A veces creo que he dejado el corazón sepultado en Siberia y el alma hecha retazos en medio de la polvareda del desierto. Algo del aliento que me quedaba se lo llevaron Jan y mi padre. Heno. Ania, sigue arrancando el heno, que los almiares deben ser más grandes. Arranca, apila, vuelve al campo... arranca, apila y olvida".

Lejos de la mirada de los alemanes, entre el catorce y veinticuatro de enero de 1943, el presidente de Estados Unidos, Franklin D. Roosevelt, el primer ministro británico Winston Churchill y los generales franceses Charles de Gaulle y Henri Giraud se encontraron en la ciudad de Casablanca en

Marruecos, que era en aquel entonces un protectorado francés. El gran ausente fue Josef Stalin, declinó la invitación porque su ejército estaba enfrentándose a los nazis en la batalla de Stalingrado, ciudad que por razones casi desconocidas inspiró el último poema de la vieja Olga, al que nadie prestó atención en la barraca de los desahuciados.

Eres la ciudad de muchos nombres
que asesina con bala y frío,
escenario de matanzas
y de la soberbia del asesino.

Fuiste Tsaritsa en honor al río Amarillo.
Stalingrado de Stalin… ¿Cómo te llamarás mañana,
cuando su furia ingente por fin se haya extinguido?

En los salones del hotel Anfa en Marruecos, los líderes del bando de los Aliados compartieron en la mesa comilonas y estrategias en contra de los alemanes y el bloque del Eje exigiendo, por primera vez, su rendición incondicional a través de la voz envalentonada del presidente Roosevelt, que la alzó en una rueda de prensa.

El dos de febrero de 1943 Stalin triunfaba en Stalingrado. El debilitamiento del Tercer Reich fortalecía el poderío soviético.

28

No pretendemos hacer daño a la gente común de las naciones del Eje. Pero sí queremos imponer castigo y retribución a sus líderes culpables y bárbaros.

Roosevelt en un discurso de radio
el doce de febrero de 1943

—Feliz cumpleaños, Ania. Que seas muy dichosa, hija.

—Gracias, mamá. Irena, ¡qué hermoso regalo! ¡Un chocolate! —exclamó alegre de recibir una barra envuelta en papel metálico.

—Son dieciocho años. No todos los días se cumplen dieciocho años. Que seas muy feliz —le auguró Irena.

—Gracias. ¡Vamos a compartirlo!

—No, no. Es tu regalo.

—Es una barra muy grande, vamos a dividirla. Esto para mis sobrinos, este trozo para mamá y uno más para ti. Yo me quedo con éste.

—Espera, no lo vayas a comer —interrumpió Halina—. Pide antes un deseo. Imagínate que es un pastel y que tiene una velita.

—Está bien.

Antes de darle un mordisco al chocolate, volvió a pedir lo que ya antes había pedido: hallar un pedacito de paz. Una cama para descansar, una almohada mullida. Era todo, y Dios ya lo sabía. En ese instante, cuando dio el bocado, algo más ocupó su corazón: la figura de Cezlaw que era el síntoma de una locura encubierta por la fantasía y prefería mantener en silencio por temor a que la tildaran de desquiciada. Pero también por ser algo muy suyo, como las palpitaciones que brotaban de su pecho y se expandían por el cuerpo recordándole, sobre todo en las madrugadas, que ya no era una niña.

La sonrisa se le difuminó cuando hizo sin intención el listado de nombres, que empezaba con Heros y terminaba con Patryk.

—Cada día vamos quedando menos, como dijiste en el sepelio de papá. Los campamentos cada vez son más pequeños.

—Porque algunos se están quedando en otras ciudades, o van…

—Muriendo —completó Ania.

—Muriendo —repitió Irena—. Pero hoy no pienses en eso. Hay que ser optimistas, estar contentos porque es tu cumpleaños y tenemos que cantar.

—Nos falta el violín de papá, las voces de Mandek, de Jan, de Cezlaw…

—¿No lo volviste a ver? —preguntó Halina.

—No —contestó mirando su trozo de chocolate.

—Ania está en lo cierto. Cada vez somos menos.

—¡Irena!

—Perdona, mamá. Vamos a cantar. Niños, ustedes también, todos: *Sto lat! Sto lat!…*

En aquellos días, los polacos recibieron la orden de abandonar el campamento en Teherán.

Los enfermos que se iban recuperando gracias a los cuidados y el sol se sentían más fuertes, animados para seguir con la travesía, pero ¿cuál sería el siguiente en la lista de destinos? Poco importaba a los que ya se habían resignado a no volver a Polonia y mucho a quienes se resistían a imaginar su patria saqueada y destruida.

Decenas de camiones los trasladaron a la calurosa ciudad persa de Ahvaz donde abordaron un barco con destino a la ciudad de Karachi, en la India, que más tarde formaría parte de Pakistán. Desde 1942 se habían instalado dos campamentos que fueron organizados y abastecidos por el gobierno polaco en el exilio y por las autoridades británicas. En ese entonces la región, convulsa por los conflictos que culminaron en su independencia en 1947, estaba dominada por el régimen del *Raj* británico.

Dado que se había detectado la presencia de submarinos japoneses que merodeaban por el Océano Índico, no se permitía tener ningún tipo de luz en la embarcación. Ni siquiera estaba autorizado fumar o encender un cerillo, pues esa mínima luz podría desembocar en un ataque.

La oscuridad y el silencio le jugaron a Ania una noble treta. El miedo se convirtió en descanso, la noche en alivio y el mar en una esperanza cristalina. Ya estaba cerca de donde fuera que tuviera que llegar. Lo presentía. Faltaba poco antes de la siguiente parada que no podía ser otra cosa que el prefacio de un nuevo hogar. "No me importa el domicilio, si hay cama y chocolate... ¡qué ganas de comerme un chocolate!", meditó reposando sus manos en el barandal de la proa.

—De vuelta a su camarote, ¡de inmediato! —refunfuñó parco, sin alzar la voz, un marino que se paseaba por la embarcación.

—Perdone usted.

"¡Y qué ganas de hacer lo que se me dé la gana!", pensó caminando de vuelta hacia el camarote.

29

La guerra es sobre todo un catálogo de errores garrafales.

Winston Churchill

Abril de 1943

Un muchacho de unos veinte años que no se había alistado en el ejército, no por falta de voluntad sino de su brazo derecho, les contó que, según Radio Berlín, los alemanes habían encontrado el lugar donde la policía soviética había asesinado a miles de polacos en el bosque de Katyn durante la primavera de 1940.

—¿La policía soviética? ¿No habían sido los alemanes? —le preguntó Irena.

—Parece que no. Y eso va a complicar las cosas —caviló el muchacho con el aire de un político avezado—. Por ahora somos libres porque Polonia llegó a un acuerdo con Stalin. Pero con esta noticia, no sabemos lo que pasará con nosotros. Sikorski no se va a quedar de brazos cruzados, no puede y no debe.

Bajo el ardiente sol que le enrojecía la frente y la nariz y le resquebrajaba los labios por más agua que bebiera, Ania seguía la conversación. No había que aparentar ser un experto para opinar que esa situación era delicada, sobre todo porque ya se les había anunciado que el campamento en Karachi no podría sostenerse por mucho tiempo, y en breve deberían decidirse entre varios destinos que, muy probablemente, serían su nuevo hogar.

A Ania no le gustaba Karachi. Y eso que no era quisquillosa ni remolona, según ella, nadie podía serlo después de haber pasado por Siberia. Es que el calor tan intenso era despiadado con su piel tan pobre en melanina, y esas hienas que deambulaban por las casas de campaña eran como almas en pena cazando sustos, la aterrorizaban.

—Cuando las escuchen no se muevan ni hagan ruidos. Solo así se van —sugirió un militar a las mujeres y los niños que no conciliaban el sueño por culpa de las manadas que se acercaban cada vez con más confianza.

—¿Y si no se van? —preguntó Halina angustiada por Ania que llevaba días sin poder conciliar el sueño.

—¡Ya oyeron! Nada de ruidos ni movimientos bruscos.

—Hágame caso, señor. ¿Qué pasa si no se van?

—Nada, qué quiere que le diga, señora. No estamos aquí para andar ahuyentando hienas.

Tampoco se podía hacer mucho en contra de las parvadas de buitres que ya habían hecho su santuario del cielo compartido. Parecían alados hijos de Belcebú, prestos a cumplir con lo que su padre dispusiera. Los pequeños se divertían mirando a las aves volar en círculos como queriendo provocar un remolino con las nubes. Los señalaban y aplaudían, les ofrecían migajas y los llamaban para que pisaran la tierra: ¡vengan, pajaritos!, vamos a jugar. Los buitres no querían jugar, lo que querían era alimentarse de los cadáveres que iban quedando en el camino del destierro.

—Ten calma. Pronto nos iremos de aquí, Ania. Tenemos tres opciones y hay que elegir lo más rápido que se pueda.

—¿Y cuáles son esas opciones?

—La ciudad de León en México, Bombay en India o la región de África oriental.

—No sé nada de esos lugares.

—Ni yo. He platicado con Irena al respecto y ella ha podido investigar con los que saben más, pero no sé qué lugar elegir. Que Dios me ayude.

A finales del mes se publicaron las listas donde debían inscribirse. Halina dudaba. Los nombres de aquellos países le parecían salidos de libros de aventuras. Le intimidaba siquiera pensar en lo que se encontraría en ellos. Su visión del mundo estaba limitada por los estereotipos y el absurdo.

"Dicen que en México la gente se viste con taparrabo y penachos".

"En la India adoran a millones de dioses. Jamás vamos a encajar".

"En África hay animales salvajes sueltos por todas partes. Dicen que los leones se meten a las casas".

Un día Halina oía alguno de esos comentarios y se apuntaba en el país que menos miedo le daba, luego escuchaba otro y volvía al día siguiente a borrar sus nombres para escribirlos en otro destino, hasta que el encargado de llevar el control de la lista le dio un ultimátum.

—Mamá, ¿y por fin a dónde iremos? —le preguntó Ania.

—Ya me llamaron la atención, así que tuve que decidirme. Dios quiera que lo haya hecho bien.

—¿Y? —preguntó con ansias.

—México, nos vamos a México.

—México —repitió intentando imaginar algo de aquella lejanísima y desconocida patria.

El trece de mayo de 1943, con un primer grupo de polacos, embarcaron en el buque británico *The Old City of London* hasta el puerto de Bombay. Luego hicieron el transbordo al barco estadounidense *Hermitage*, en el que además de los polacos había a bordo un copioso grupo de soldados heridos que serían trasladados a Australia y Nueva Zelanda.

MÉXICO

30

No todos los que deambulan están perdidos.

J. R. R. Tolkien

El gobierno mexicano, que había declarado la guerra a los países del Eje, acordó con el gobierno polaco en el exilio recibir a los refugiados para contribuir de esta manera al esfuerzo bélico. Les concederían visas temporales, pero los gastos de su traslado y manutención correrían por cuenta del gobierno polaco. Por su parte, Estados Unidos, que se negó a recibirlos, aportó tres millones de dólares para que continuaran su travesía con destino a México.

—Hay una mujer a bordo que está dando clases de español —le contó Irena a su hermana después de haber caminado un rato por la proa para enterarse de las novedades.

—¿De verdad? Dime quién es y la buscaré.

—Se trata de una mujer polaca de madre española que aprendió el idioma desde niña. Los encargados de la tripulación le han dado papel y lápices para que nos enseñe algunas palabras.

—¡Qué buena noticia!

Ania y sus sobrinos se unieron a las lecciones que impartía la señora Janica, una mujer de unos sesenta años, simpática aunque poco sonriente, que se tomaba con mucha seriedad su papel de profesora. Tenía una vara con la que iba señalando las letras del alfabeto en un improvisado pizarrón hecho de hojas de papel pegadas a la pared de uno de los camarotes e iba uniendo las sílabas al compás de sus palmadas: bue-nos dí-as, gra-cias, ho-la. Los asistentes, que eran aproximadamente cuarenta, se sentaban en el piso para tomar apuntes sobre sus rodillas prestando atención a la pronunciación de cada palabra.

—Tomen nota de las frases que necesitarán decir: "Mi nombre es… Soy de Polonia. Gracias por recibirnos".

"¡Qué bonito sonaba la palabra 'gracias' en español!", pensaba Ania mientras la repetía.

—Señora Janica, ¿usted sabe algo de México? —le preguntó curiosa, después de una lección.

—No mucho. Mi madre era de España y mi padre era un comerciante polaco judío. Ella se fue a vivir a Polonia y jamás volvió a su tierra, aunque siempre me hablaba de lo bonito que era su país, de la comida hecha a base de salsas y bacalao, de los dulces de turrón, las galletas. Supongo que ha de ser similar a eso que solo vi en mi imaginación.

—Pero España y México quedan muy lejos. No creo que sean tan parecidos.

—Hace muchísimos años, en los tiempos en que los mexicanos usaban penachos y vivían en ciudades hechas de jade y plata, los españoles llegaron a invadirlos. Te estoy hablando de hace siglos.

—¡Qué tristeza!

—Es la historia de la humanidad. Por eso los mexicanos hablan español: les impusieron su idioma, su religión, su manera de vestir. Nosotros tenemos a la Virgen de Czestochowa, ellos a la Virgen de Guadalupe.

—Creo que voy comprendiendo.

—Vamos a estar bien, muchacha. Más tú, que tienes toda la vida por delante. Y te dejo porque este sol me está provocando jaquecas terribles.

—Señora, "gracias".

Ania caminó hacia la proa del barco, su sitio favorito. Se recargó en el barandal para mirar al horizonte. Unos y otros pasaban a su lado. No miraba a nadie, estaba distraída pensando en lo poco que había aprendido del país que estaba a punto de recibirlos. Se preguntaba cómo habría sido su idioma antes de la llegada de los españoles... "¿Cómo se dirá 'gracias' en mexicano?".

Le parecía interesante que tan lejos y tan distantes un país del otro compartieran la misma dolorosa tragedia de la conquista, de la invasión, del saqueo. Le dolía pensar en la historia repetida en otro lugar y en otros tiempos. "¿Por qué los poderosos abusan de los débiles? ¿Por qué tanta ambición? Al final, ellos se mueren y la tierra que creen conquistada sigue aquí". En su mundo tan minúsculo, como de esfera de cristal, continuaba cuestionándose por qué el oro y la tierra eran más valiosos que la vida.

México, México...

De repente, sintió una punzada en el pecho tan solo de imaginar lo que estarían haciendo con su casa, con su pueblo. Y Heros, su desdichado perro seguramente pertenecía a una familia soviética o tal vez ya había pasado a mejor vida.

"¿Cuántos venimos a bordo? Unos setecientos, setecientos cincuenta, a lo mucho. Menos hombres, más niños sin sus padres, más mujeres viudas, más ancianos. Todos huérfanos de patria vamos a una que también fue herida de muerte, ¿será que la encuentro agonizando? ¿Qué vida puede ofrecer una tierra moribunda?... Aunque pensándolo bien, yo misma soy la muestra, aunque mínima, de que se puede rescatar el alma si queda un soplo de vida. México ha de ser como todos los que estamos en este barco, con las mismas esperanzas y los mismos pesares. Al fin y al cabo, somos la misma historia repetida aquí y allá, la misma humanidad reinventando sus conflictos y sus ansias. Somos el mismo polen flotando en el viento".

Tras una breve parada en Melbourne, Australia, el *Hermitage* zarpó hacia Wellington en Nueva Zelanda adonde llegaron de noche. La costa parecía la fotografía de un grupo de luciérnagas. El cielo azul, casi sin nubes, exhibía la desnudez de las estrellas.

—No tienen permitido salir del barco. Les pedimos que se queden en sus camarotes —anunció el capitán.

Qué tristeza. A Halina y a Ania les habría gustado mucho salir a caminar por la orilla de su playa, desde donde se vislumbraban unas casitas alineadas que, por alguna razón, les recordaban las del pueblito que las vio nacer.

Irena miraba por la ventana del camarote hacia afuera soñando despierta con cosas que se adivinaban con facilidad. "Seguro piensa en su marido", dedujo Halina sin interrumpirla.

Pasaron días sin que el barco se moviera.

Los niños correteaban por los pasillos mientras las mujeres bordaban y conversaban.

Había quienes preferían no salir de su camarote, como la señora Janica, que había optado por abandonar las lecciones de español a causa de sus constantes jaquecas provocadas por el calor y su poca paciencia.

Ania, que entablaba conversaciones triviales con algunas muchachas de su edad, se entretenía escuchándolas hablar de los chicos que conocerían en México o de lo fascinante que sería tener su propia habitación.

"Escuchar música".

"Bailar con los muchachos".

"Casarse".

"Ay, no. ¿Para qué? Con bailar con ellos es más que suficiente".

Todas tenían ilusiones. Por eso, cuando se acostaba junto a su familia, el pequeño camarote le parecía estar en el prólogo amplio y cómodo de lo que, estaba segura, sería una promisoria vida. Se daba permiso de sonreír y hasta de dar gracias con más frecuencia por la oportunidad de reconstruir su vida en un país que sentía parecido a ella.

Una noche, bajo el silencio de la madrugada, un estruendo retumbó muy cerca del barco. Nadie sabía lo que estaba pasando afuera, pero ese ruido recordó a todos que aún no eran tiempos de dormir en calma.

La maldita guerra les repetía que aquello no había terminado.

Halina abrazó a sus nietos e Irena la abrazó a ella. Ania estaba paralizada recordando el día que unos disparos cayeron del cielo tan cerca que retumbaron en sus oídos como las pisadas de una manada de animales salvajes.

—Ania, Ania… ya pasó, ¿estás bien?

—Sí, mamá.

—Vamos a rezar, esto va a acabar pronto. En el nombre del...

—¿Cómo lo sabes?

—No volvamos a las conversaciones de antes, hija.

—Y por qué no.

—Hermana, por favor —irrumpió Irena señalando con la mirada discreta a sus hijos que aún temblaban asustados.

Ania resopló. Era una pena que hubiese recobrado la sonrisa al mismo tiempo que su tortuosa retentiva sacara a flote el vagón del tren, la nieve de Siberia, las barracas y el Oso polaco.

Sonaron tres disparos que provocaron los gritos de los tripulantes.

Algunas mujeres, con el regazo lleno de niños propios y ajenos, oraban agazapadas en sus camarotes. Todos escuchaban las voces angustiadas de los demás. Los soldados alzaron la voz. Daban órdenes y movilizaban lo que sin dudas era armamento. Otros más cubrieron el barco para camuflarlo.

"Anda hija, vamos a pedirle a Dios", repetía Halina sin tregua, pero Ania estaba paralizada, ida, tratando de permanecer estoica sentada en su camastro.

—No le insistas, mamá. Yo rezaré contigo.

—En el nombre del Padre...

Todo se revolvía en el aire que apestaba a guerra: los pasos, los gritos, las órdenes, la lona cubriendo el barco sacudido por el viento de la costa, el miedo que brotaba de los poros de cada tripulante, la adrenalina de los soldados. La espera insulsa de lo que pudiera venir los mantuvo en duermevela, en oración, en sollozo...

La luz rojiza de las primeras horas del día les trajo de vuelta la calma. Los soldados retiraron el camuflaje del barco. Detectaron un submarino en las cercanías que, al parecer, había realizado una detonación, pero el peligro por fin pasó.

En su larga travesía por los océanos Índico y Pacífico, la nave tuvo que salirse parcialmente de su ruta, a fin de evitar cruzarse con los submarinos japoneses, llegando, tras seis semanas, al puerto de San Pedro al sur de Los Ángeles, California. Era el veinticinco de junio de 1943.

La primera estación de los polacos en el continente americano fue un campamento rodeado de una valla de púas. Las caras hoscas de los soldados fueron lo primero a lo que le prestaron atención. "Seis semanas navegando para llegar aquí, a la tierra de la libertad, y encontrarnos en esta prisión. Definitivamente nuestro camino no ha terminado". Los militares repartieron zapatos, ropa, golosinas y alimentos. Las condiciones eran más confortables, sin dudas, pero la sensación de ser prisionero era tan lastimera, que si bien estaban agradecidos, no dejaban de sentirse incómodos.

—No nos pierden de vista ni por un instante, Irena.

—Han de temer que nos escapemos.

—Como si fuéramos unos delincuentes.

—Es su país. Hacen lo que les ordenan, Ania.

—Lo defienden de nosotros.

—De mujeres, niños, ancianos, inválidos…

—Y desarmados.

—Vaya tontería.

—Son las cosas que suceden en tiempos de guerra.

Cuatro días más tarde llegaron a Ciudad Juárez. Por fin suelo mexicano. El clima era árido, seco. La estación en donde esperaban el tren que los llevaría a Guanajuato estaba polvorienta y atestada de pasajeros. Ania se sentía maravillada con la gente. Jamás había visto personas tan sonrientes como las mexicanas. Las veía abrazarse, reír y llorar al compás de las idas y venidas de los trenes.

Los militares también sonreían. Con ellos aprendió las palabras *por favor, señorita, no tenga cuidado.* "Seguramente no siempre son así. Han de sentir pena por nosotros igual que la sentirían por un montón de huerfanitos", pensó Ania con un poco de desconfianza.

Ya en el tren, Ania pudo practicar su palabra favorita cuando alguien le entregaba un dulce o una bebida: "gracias", "gracias", decía cada vez más convencida de que no le costaría tanto trabajo aprender español.

El primer día de julio de 1943, a la una de la tarde, llegaron a la estación de tren de la ciudad de León, en Guanajuato, y de allí, fueron trasladados a la hacienda de Santa Rosa, ubicada a diez kilómetros de la ciudad. Las calles aledañas estaban decoradas de rojo y blanco, como la bandera de Polonia. Al entrar a la hacienda vieron que una banda de música se alistaba para tocar.

—No será para nosotros —aseguró Halina—. Seguramente esperan a algún político o a alguien importante.

Jamás, en ninguna parte, los habían recibido con una celebración. Las puertas de los autobuses se abrieron y la banda comenzó a tocar el himno nacional de Polonia. La melodía los devolvió a los tiempos en que su hogar era suyo, y más de uno lloró recordando el momento en que abordaron el tren hacia ninguna parte.

Mujeres de cabello negro los abrazaban como madres a sus hijos perdidos. Pocos eran los regazos para acoger a los setecientos veintiséis huérfanos de patria que buscaban sosiego sollozando, por fin, sin miedo a hacer ruido.

No era necesario entender español para descifrar las sonrisas, para recibir las flores y sentir la melodía de la "Canción mixteca" de López Alavez:

¡Qué lejos estoy del suelo donde he nacido!
Inmensa nostalgia invade mi pensamiento,
y al verme tan solo y triste cual hoja al viento,
¡quisiera llorar, quisiera morir de sentimiento!

¡Oh, tierra del sol!, suspiro por verte.
Ahora que lejos yo vivo sin luz, sin amor.
Y al verme tan solo y triste cual hoja al viento,
¡quisiera llorar, quisiera morir de sentimiento!

Una mujer se acercó a Ania y cuando hizo contacto visual sonrió y apuntó al cielo. Entendió lo que quería decirle, era cierto: su llegada a México era providencial. Después de intercambiar un par de gestos amables, la mujer la condujo a una mesa y, juntando sus dedos simulando un capullo, los llevó a su boca y enseguida señaló los bocadillos.

—Gracias.

—De-na-da —le respondió la mujer resaltando las sílabas como lo hacía la señora Janica en sus clases de español.

Los niños rodeaban la mesa. La música rodeaba la hacienda. Las mujeres de cabellos dorados y las de melena caoba intercambiaban señas; Halina e Irena, emocionadas hasta el llanto, se dejaban guiar por las anfitrionas que les daban un recorrido por las instalaciones de Santa Rosa.

"Quién iba a imaginar que mi camino terminaría en México", pensó Ania observando los autobuses en que había transitado el último tramo de los más de veinte mil kilómetros recorridos desde su salida de Siberia.

Contempló el espacio con sus ojos azules como el cielo de Guanajuato y después de mucho tiempo, se volvió a sentir de nuevo en casa.

—¡Ven, hermana! Voy a enseñarte las habitaciones. Son muy bonitas —dijo Irena.

—Hay un taller de costura, salón de clases y una cocina preciosa —añadió Halina.

—No estamos en Polonia, mamá.

—Desde luego que no, pero tampoco estamos en Siberia. Algún día, quizás…

—Enséñenme la hacienda —pidió Ania.

Lo primero que llamó su atención fueron las camas revestidas con sábanas blancas y sobre ellas, unas almohadas mullidas como nubes, como las que tanto añoraba.

—¡Elijo esta! —sonrió divertida y se lanzó a una de ellas—. Aquí dormiré horas y horas. Qué cómoda es, y miren esta almohada, parece una mota de algodón.

Ania se acostó boca abajo aferrada a lo que ya se había convertido en su tesoro más preciado.

—Descansa, hija. Yo iré afuera un rato más —le dijo Halina acariciándole el cabello.

—Yo voy con mamá. Iré a buscar a los niños para mostrarles la hacienda. Seguramente siguen jugando con los demás en el patio —añadió Irena.

La música lejana se mezclaba como las voces en español y polaco revueltas en una hermosa algarabía y, sin embargo, Ania no prestaba atención más que a su respiración pausada, relajada al fin. Debía estar soñando y no quería despertar.

Como un gato amodorrado, estiró sus brazos bajo la almohada y palpó algo debajo de ella. Asustada, se levantó inmediatamente y la alzó. No podía creerlo, un chocolate con envoltura dorada yacía en su cama.

Incrédula, alzó las almohadas de las otras camas. No había nada.

Tomó el chocolate y por un instante sintió que los ojos se le humedecían. Falsa alarma.

Un pensamiento la tomó por sorpresa: Jan libraba sus propias batallas y ella entendió por fin cuáles eran.

Su cuñado merecía honor y respeto. No era fácil arrancarse su propia raíz para luchar por sus ideales.

Patryk había cerrado el libro en la página que le correspondía.

El Oso polaco seguiría lidiando con sus demonios en aquel horrible infierno, o quizás en el más allá. No le importaba.

Olga, la vieja Olga, estaría recitando poemas para aminorar el horror del Gulag o tal vez se habría reencontrado por fin con su amor en el otro lado de la vida.

A Ania le quedaba seguir viviendo a la espera de que el trayecto la siguiera sorprendiendo.

Abrió la envoltura dorada y se comió el chocolate mientras evocaba, como siempre que podía, su hogar, su pueblo, al perro fiel que la acompañaba en sus paseos por el bosque. Las ausencias dejaron de lacerar. Pensó en las búgulas azules y en el río que se congelaba en el invierno para deshelarse en la primavera. A su mente llegó la música de polca y las risas de sobremesa.

Enseguida llegó él, rubio y alto, delgado como una espiga de trigo. La abrazó muy fuerte, se fundió en su pecho y ahí se quedó para siempre.

—Bienvenido a México, mi querido Cezlaw.

31

*Sikorski ha sido asesinado por el Servicio
Secreto británico, que no tolera que haya personalidades
independientes que puedan entorpecer la política
de Winston Churchill.*

Joseph Goebbels

El cuatro de julio de 1943, tres días después de la llegada de los polacos a Santa Rosa, murió Waldislaw Sikorski en un accidente aéreo que el tiempo veló bajo la duda de la conspiración. Se supo por las noticias que escasamente llegaban a la hacienda, que el veinticuatro de mayo de ese mismo año el primer ministro del Gobierno de Polonia en el exilio había decidido ir a Oriente Medio a visitar a las fuerzas polacas combatientes que se encontraban al mando del general Anders. Estaba acompañado de su comitiva y su hija. Tras seis semanas en la región recorriendo diversas zonas, se dirigieron a Gibraltar, donde el piloto checo Edward Prchal realizó una escala técnica que duraría un día. A las diez de la noche del día siguiente, Sikorski se dirigió al aeropuerto para abordar el avión *Libertator*. Eran las diez de la noche. Después de recorrer poco más de kilómetro y medio, se elevó a seiscientos noventa metros de altura. Todo parecía normal, hasta que el avión cayó en picada de golpe estrellándose en el mar.

Lograron rescatar tres de los diecisiete cuerpos de los tripulantes. Uno de ellos era el del general Sirkoski, otro era de su jefe del Estado Mayor, Klimecki, y el tercero era el del piloto que aún tenía un muy liviano soplo de vida; fue llevado al hospital donde milagrosamente se recuperó. Días más tarde rescataron los demás cadáveres, sin embargo, tres de ellos jamás fueron recuperados, entre los que se encontraba el de la hija de Sirkoski.

El siete de julio una comisión investigadora que entrevistó a una veintena de testigos, incluyendo al piloto, descartó la conspiración como causa del accidente, pues todos habían coincidido en que se trató de un error humano. Sin embargo, en tiempos en que la credibilidad se había perdido, no era fácil admitir esa versión aunque la sostuvieran veinte o mil voces.

Para acrecentar las dudas, los restos del avión que se enviaron a Inglaterra, donde se realizaría un análisis más minucioso del acontecimiento, nunca llegaron a su destino.

32

La casa en la hacienda Santa Rosa, con su techo
de tejas, sus ventanas cuadradas, el espesor de
sus muros de piedra, resultó providencial.

Elena Poniatowska

Para mí llegar a México fue un cambio, no solo de rumbo, sino una vuelta a la fortuna.

A más de once mil kilómetros de distancia, con un océano en el medio del camino, el dos de noviembre de 1943, otro grupo de setecientos veintiocho refugiados llegaba a la hacienda Santa Rosa que ya se encontraba reformada y lucía como si hubiera sido recién construida. Su antiguo molino fue adaptado para hacer las veces de escuela y orfanato para los niños que fueron desprendidos de sus padres por la guerra y el exilio.

El grupo estaba integrado en su mayoría por esposas, viudas e hijas de soldados y hombres muertos durante la travesía, así como por niños. Los polacos que vivían en Santa Rosa eran menores de edad o no aptos para el ejército, soldados con licencia y ancianos. De los mil cuatrocientos cincuenta y tres habitantes registrados, novecientos noventa y dos eran familias integradas por ambos padres e hijos o únicamente con uno de sus progenitores, como era mi caso. Ciento noventa y tres personas mayores de edad venían solas, treinta arribaron a México en compañía de algún pariente y doscientos treinta y seis eran pequeños huérfanos. Teníamos un hospital en el que contábamos con todos los servicios sanitarios; había tres casas de baños con regaderas, noventa y dos lavabos, lavaderos con cincuenta piletas, un teatro, cinco talleres, una panadería, dieciséis cuartos para oficinas de la administración y una biblioteca.

La escuela empezó con la impartición de clases conforme al plan de estudios de Polonia pues, según el convenio establecido con México, los refugiados volveríamos a nuestro país una vez terminada la guerra, y la educación era un medio para mantener viva la identidad nacional.

Las hermanas religiosas de la orden de las Felicianas, provenientes de Estados Unidos, llegaron a la hacienda a auxiliar con las tareas y cuidar a los niños. Muchas organizaciones caritativas de nuestro país enviaron regalos y ropa a los pequeños. Muy pronto, en nuestra pequeña Polonia comenzaron a realizarse actividades culturales como teatro, música y danza.

Algunas de las hermanas eran de origen polaco. Con ellas aprendí algo de enfermería. Me pasaba los días curando las rodillas raspadas de los niños y las heridas menores ocasionadas con alguna herramienta de trabajo. También me enseñaron a inyectar, a atender enfermos, a cambiar camas y también a colocar yesos y férulas.

—Muy bien, Ania. Estás aprendiendo rápido —halagaba una de las hermanas viéndome practicar con una naranja.

—Aplicar una inyección es mucho más sencillo que las conjugaciones en español.

—Ya las aprenderás también —respondió ella en polaco.

—Hermana. Aprovechando que estamos a solas, quisiera platicar con usted. Por más que lo intento, no logro sentirme en casa. Pensé que todo estaría bien y que por fin hallaría la paz. Y nada. Estoy tan contrariada. Algunas noches, cuando me acuesto, pienso en los jergones llenos de pulgas y en las tablas de madera de las barracas en Siberia, y me siento avergonzada. No me mal entienda, estoy agradecida...

La hermana, de quien he olvidado su nombre, era una joven mujer de unos treinta años poseedora de una mirada tan dulce que parecía que podía besar con ella. Me quitó la naranja y la jeringa de las manos y me las sostuvo esperando a que llorara. Pero eso no ocurrió.

—Déjalo salir. Anda. Llora.

—No puedo.

—Ania, muchacha, es normal que te sientas así. Pecaría de mentirosa si te dijera que las cosas van a cambiar pronto. Eso no va a pasar. Sin embargo, no debes esperar a que las circunstancias sean otras para que halles la paz.

—Lo que pasa es que me resisto a pensar que aquí terminará todo y al mismo tiempo siento que soy ingrata por no conformarme.

—Te refieres a volver a Polonia.

—Creo que conservo una pequeña esperanza.

La hermana negó con levedad y me sostuvo de las mejillas.

—No es necesario volver a Polonia para que te sientas en casa.

—Mi verdadero hogar está en Komarno. Si estamos aquí es porque alemanes y soviéticos nos arrastraron por sus ambiciones.

—Ania, tu verdadero hogar está aquí —dijo poniendo la palma de su mano en mi corazón.

—Quizás es que no tengo el corazón tranquilo. Ya veo. Le falta una pieza, hermana.

—¿Cuál es esa pieza?

—Jan, mi hermano.

33

Nuestro Führer, Adolfo Hitler, ha caído esta tarde
en su puesto de comando en la Cancillería del Reich
luchando hasta su último aliento en contra
del bolchevismo y por Alemania.

Anuncio emitido en la radio de Hamburgo,
uno de mayo de 1945 a las 21:30 horas

Todas las labores que realizábamos eran para nuestra propia subsistencia dentro de la hacienda. Aprendíamos oficios como los de zapatero, carpintero, fontanero, electricista, y todos nos ocupábamos de los arreglos de las instalaciones. También teníamos una pequeña huerta, muy bonita, y las mujeres se ocupaban en la cocina y preparaban las escenografías y el vestuario que usábamos en las representaciones teatrales, así como los vestidos que portábamos en los desfiles de las fiestas nacionales mexicanas, a las cuales éramos invitados.

Los "güeritos", como ellos nos llamaban, fuimos muy bien recibidos a pesar de que se nos prohibía la interacción con los mexicanos. No teníamos permiso de trabajar fuera de la hacienda, ni mucho menos salir con regularidad. Sin embargo, ellos, curiosos por nosotros, se asomaban por la reja para mirarnos cosechar frutos o pasear por los patios. Así fue como conocí a Alberto.

Conforme pasaba el tiempo, comenzamos a ganar más libertades y poco a poco pudimos abrir carpinterías, sastrerías y pequeños talleres de reparación de calzado en los alrededores de León, gracias a los oficios que habíamos aprendido en Santa Rosa. La vida cobró entonces su maravilloso sentido a pesar de que todos sabíamos que la estancia en México no sería permanente.

En el verano de 1945, cuando terminó la guerra, nuevamente nos encontramos ante la pregunta de qué íbamos a hacer, pues Polonia se hallaba bajo el régimen soviético. En septiembre de ese año, un representante del presidente de México llegó a Santa Rosa para anunciarnos que éramos libres de solicitar los documentos de salida de México o bien un estatus de inmigrante en el país, con lo que podríamos permanecer de manera temporal. Muchos de los refugiados voltearon la mirada a Estados Unidos y a Canadá, entre ellos, mi hermana, quien tomó a sus hijos y se fue a Pensilvania en busca del hermano de Mandek, con quien ya había intercambiado cartas.

Recuerdo el día que se despidieron. Mis sobrinos lloraban, a los niños les cuesta más desprenderse de sus costumbres, pero mi hermana estaba feliz. Quería ocultarlo para que nosotras, mi madre y yo, no nos sintiéramos agraviadas con sus ilusiones.

Yo sabía que dentro de todas aquellas ilusiones guardaba la esperanza de que, acabada la guerra, Mandek iría con su hermano y allí se reencontrarían. No lo había dejado de amar a pesar de que los últimos años apenas y cruzaban palabra. "Qué cosa tan rara es el amor que nos regala lozanía a pesar de las ausencias", pensé.

—Adiós, hija. Y que seas muy feliz.

—Las voy a echar de menos.

—¡Anda, hipócrita! —respondió mi mamá socarrona.

—Ania, que tú también seas muy feliz.

—Gracias, Irena. Y ustedes, cuiden mucho a su mamá.

Los vimos partir desde el enrejado de la hacienda. Mi madre les lanzó una bendición y yo me quedé mirándolos por un largo rato hasta que se perdieron en el camino, igual que la noche que Cezlaw se despidió de mí en Komarno.

Los polacos se fueron yendo. Mamá se quedó por mí y yo me quedé por él, por Alberto. No se parecía en nada a Cezlaw, aunque por alguna razón me recordaba a él. Era, algo así como si en sus diferencias lo hallara a él.

Se fue acercando a la hacienda con su desparpajo y su franca sonrisa. A la distancia se me quedaba mirando; esperaba a que le devolviera el gesto. Su presencia se hizo cada vez más frecuente. Después de haberme familiarizado con su rostro moreno y recio, y su figura fornida como la de cualquier hombre que desempeña un trabajo físico intenso, yo me animé a sonreírle de vuelta. Entonces, le dio por sobornar a los vigilantes con algunas monedas, golosinas, cualquier nimiedad, para aproximarse más y más.

Una tarde, escuché su voz por primera vez.

—Me dijeron que te llamas Ania.

—Sí, mi nombre es Ania.

—Hablas re chistoso. ¿Y entiendes bien el español?

—No mucho. Poquito.

—Con ese poquito nos vamos a entender, güerita.

Tenía la mirada profunda y pícara. Parecía que la alegría se le desbordaba del cuerpo, y fue la ilusión de que me regalara lo que le sobraba lo que me animó a salir a pasear con él. Me llevó al centro de la ciudad en un carrito destartalado que nos esperaba afuera de Santa Rosa, entramos a la catedral y comimos un helado.

No paraba de hablar. Con lo poco que entendí me enteré de que era huérfano de madre y que su papá se había casado con una mujer que no lo quería. No tenía hermanos. También me contó que trabajaba en un taller mecánico y que se sentía tan solo que ni el bullicio pueblerino le servía de compañía o por lo menos de distracción.

—Es que la gente no me gusta, ¿me captas, güera?

—Creo que sí.

—Desde hace un año vivo solo. Tengo algunos cuates y la paso bien —me contó cuando terminó de comer su nieve de tequila—. No soy un tipo huraño, no vayas a creer. Lo que pasa es que no tengo otra cosa que hacer que ir del trabajo al bar y de ahí a mi casa. Siempre hago lo mismo.

—Alberto, ¿qué es *huraño*?

—*Huraño* es... cómo te explico. Alguien a quien no le gusta la gente. Que prefiere estar solo.

—Tú no *parecer* huraño.

Alberto asomó sus blancos dientes y lanzó una simpática carcajada.

—Y tú no *parecer* estar aprendiendo español. Vamos, que te tengo que llevar a Santa Rosa.

Antes de despedirnos me dio una rosa y me invitó a salir el próximo fin de semana. Yo acepté.

34

Mantén el amor en tu corazón. Una vida sin él es como un jardín sin sol cuando las flores están muertas.

Oscar Wilde

Un año después, la embajada de Polonia en México fue asumida por el personal enviado por el nuevo gobierno controlado por los comunistas. Sus delegaciones no lograron persuadir más que a una pequeña cantidad de polacos para volver a su tierra. Los pocos que regresaron fueron movidos por la ilusión de volver a ver su hogar y a sus seres queridos que no habían podido huir durante la ocupación.

Sin embargo, a pesar de que la gran mayoría se fue de México, jamás olvidaron lo que esta tierra hizo por ellos. Un ejemplo es Chester Sawko, un muchacho que se fue a Chicago, donde fue reclutado por el ejército de Estados Unidos y enviado a combatir en Corea. A su regreso, comenzó su propio negocio de diseño y fabricación de bobinas en la industria del automóvil. Su empresa fue un éxito y en pocos años Chester ya era un multimillonario y se casó con Stella Synowiec, una huérfana a quien conoció en Santa Rosa. Hoy Chester y Stella se dedican a actividades filantrópicas en Estados Unidos, Polonia y México. En 2001 visitaron la ciudad de León para inaugurar una escuela y una clínica. "Así es como tenemos que pagar nuestra deuda por todo lo que los mexicanos hicieron por nosotros durante la guerra", dijo Chester.

La hacienda de Santa Rosa se cerró oficialmente el 31 de diciembre de 1946. De los casi mil quinientos polacos refugiados, solo seis nos quedamos definitivamente en la ciudad de León, Guanajuato; la mayoría se fue a Estados Unidos e Inglaterra. Los que se quedaron en México partieron a probar suerte en otras ciudades. Un grupo de ciento seis niños y noventa y nueve adolescentes fue enviado a un orfanato en Tlalpan, donde algunos de ellos permanecieron hasta 1950, antes de pasar a sus familias polacas adoptivas u orfanatos en los Estados Unidos.

—Entonces te casas, hija —me preguntó mamá.

—Sí. Alberto va a hablar contigo. Yo le he dicho que quiero que vivas con nosotros y le parece bien.

—No quiero ser una carga.

—Ni lo digas, mamá. Ahora que Irena se ha ido y que Jan… bueno, pues lo natural es que vivas con nosotros. Sé que lo deseas.

—Gracias, Ania —dijo, y después de un momento, agregó—: Hija, no quiero intervenir en tus decisiones, pero este muchacho, Alberto... Espero equivocarme, pero hay algo en él que me preocupa.

—Mamá, tranquilízate, yo sé a qué te refieres. Lo que pasa es que está muy solo y se refugia en la bebida para olvidarlo. Ya me prometió que en cuanto nos casemos será distinto.

—Que así sea.

—Así será. Te prometo que seremos muy felices. Tendrás muchos nietos, como siempre lo soñaste. Y Alberto corregirá su afición al tequila.

35

Nada en la vida debe ser temido, solamente comprendido.
Ahora es el momento de comprender más, para temer menos.

Marie Skłodowska Curie

Tuvimos cuatro hijos: dos niñas y dos niños. La profesión de enfermería que aprendí durante mis años en Santa Rosa me sirvió para sostenerlos mientras Alberto seguía con los mismos vicios de soltero. Después de intentarlo de una y otra manera, me resigné a perderlo por culpa del alcohol. Eran otros tiempos y de todas formas no cabía la posibilidad de abandonarlo por aquello de "no dejar a los hijos sin padre".

No, él no fue lo que yo esperaba y quizá yo tampoco fui lo que él quería. De ser así, probablemente habría dejado de lastimarme con sus parrandas y sus agresiones, meditaba con sentimientos de culpabilidad por las noches, y en el día lo justificaba ante mis hijos y mi madre. Pero ellos iban creciendo y llegó a ser inevitable que se dieran cuenta de que cuando su padre no estaba en casa era porque se encontraba en el bar. Y qué decir de los trabajadores del taller mecánico que se quejaban conmigo por sus repetidas ausencias. Como si yo hubiera podido hacer algo.

Cuidaba enfermos, me ganaba la vida cobrando unos pesos por aplicar inyecciones entre los vecinos, hacía algunas reparaciones de costura y, de vez en cuando, me daban algún trabajo temporal en los talleres de costura de León zurciendo perlas y azares en los vestidos de novia.

Me gustaba acariciar el satín y los encajes. Entre las telas era fácil olvidarme del trayecto que no terminaba, de la susodicha paz que no tenía para cuándo visitarme, de que el final feliz no estaba al final del cuento. Habían pasado años desde que hubo terminado la guerra y a mis treinta y cinco todo aquello seguía haciéndome sentir como una desterrada.

"No soy de aquí, ni soy de allá, tara rará…".

En el año de 1961, recién llegada la primavera, Alberto fue ingresado al hospital a causa de la cirrosis. Lo cuidé con devoción de monja hasta cuando los dolores acabaron con lo poco que quedaba de su buen humor. Pasaba las horas maldiciendo, retorciéndose, intentando arrancarse el suero. Yo no podía hacer más que mojar un paño, ponerlo en su frente y susurrarle palabras de aliento.

Murió en mis brazos después de pedirme perdón.

No, él no fue lo que yo esperaba, pero ¿quién en realidad lo es? Alberto afianzó mi raíz en esta tierra y de mí brotaron cuatro frutos. Me amó a su manera y lo amé a la mía que, ahora lo sé, era equivocada. Después de Siberia, había aprendido que era posible vivir inhalando el aire a medias.

El día de su funeral me vestí con un traje negro y me cubrí la cabeza con una mantilla de encaje blanco que las muchachas del taller de costura me habían regalado en alguno de mis cumpleaños. Mis dos hijas, que ya eran unas muchachitas de trece y once años, sabían perfectamente lo que ocurría, tan bien, que Irena de Jesús me confesó años después que durante el sepelio sintió un tremendo alivio, sobre todo por mí. Para mis dos hijos menores, Mandek Alberto de ocho años y Jan Javier de seis en aquel entonces, no fue tan sencillo, por más que su abuelita y sus hermanas les explicaran una y veinte veces que había sido lo mejor porque así papi no sufriría más.

—Es por eso que mamá no llora, ¿ves? —dilucidaba su hermana Santa Halina intentando parecer mayor—. Lo que pasa es que papito está mejor en el cielo.

—No me gusta que esté en esa caja y que le hallan echado tierra. Va a estar muy solito —sollozaba Mandek Alberto, quien nunca había presenciado un sepelio y no estaba familiarizado con la muerte.

—Eso no va a ser así, porque mi papito ya es un ángel, ¿verdad, mamá? —aseguró Jan Javier tratando de quitarse de la mente la imagen de su padre encerrado a oscuras bajo la tierra.

—Claro que sí. Dios lo ha recibido… por eso no lloro.

Yo tenía 36 años cuando enviudé, él 42 cuando decidió morirse.

36

El dolor de separarse no es nada comparado
a la alegría de reencontrarse.

Charles Dickens

Mamá se quedó a vivir con nosotros. Era cuando más la necesitaba. Tenía el corazón partido en tres, sin embargo, le consolaba tener constantes noticias de Irena, que se había casado de nuevo con un estadounidense muy simpático, buen padre para sus hijos y los dos más que llegaron después.

La suerte de Jan era lo que la mantenía más mortificada.

—Siempre nos quedamos extrañando a alguien o a algo.

Eso dijo un día que la encontré sentada a la orilla de su cama con la mirada fija en la fotografía sepia de Jan que tan arrugada estaba por los años y por los abrazos.

—¿Qué habrá sido de él, mamá?

—No sé, hija. Esto ya no es vida. Por más que he insistido con la Cruz Roja y con quien me pueda ayudar a localizarlo, no hay respuestas.

—Como si se lo hubiera tragado la tierra.

—No puedo creer que nadie pueda darme razón de su paradero o de su tumba.

Y aunque la fe se doblega con facilidad en las circunstancias más difíciles, yo me resistí a pensar que no volveríamos a saber de él.

El tiempo me dio la razón. En 1976, creo que fue en febrero, recibimos la llamada telefónica que le devolvió el alma a mi madre. Era la Cruz Roja informando que Jan estaba vivo, que residía en Londres y que ya le habían notificado que su familia se encontraba en México:

— ¡Qué alegría tan grande, mamá!

—Tengo que ir a Inglaterra.

Jan se comunicó a través de una carta que fue recibida en casa como si se tratara de la bendición de un santo. En ella, mi hermano mandaba, además, los documentos y la información necesaria para que mamá pudiera encontrarse con él en Londres. Envió un giro para comprar el boleto de avión y un paquete con golosinas para toda la familia ("porque supongo que Ania se ha casado y tiene hijos, ¿no es así?"). En la posdata, Jan agregaba su número telefónico.

—Vamos a llamarle, hija.

—No. No me atrevo.

—¿Qué dices? ¿Cómo que no te atreves?

—Sé que te parece ridículo, es que todavía pienso en cómo nos despedimos y las cosas tan feas que le dije antes de que se alistara al ejército. Me siento apenada, mamá.

—Entiendo, no te voy a obligar a hablar con él. Lo haré cuando tú estés en el taller de costura, ¿te parece bien?

Asentí avergonzada. Ansiaba tanto leer el final feliz de esta historia y no me atrevía a dar vuelta a la página.

37

El hombre que sabe abrazar es un buen hombre.

Orhan Pamuk

Mamá apresuró los trámites y en menos de seis semanas ya se encontraba en Londres. Yo me quedé en León viendo los meses transcurrir frente al árbol de tabachín de hojas rojas que a veces me hacían pensar en la bandera polaca y otras en los campos de batalla floreados por la sangre de millones de soldados, como mi hermano.

A quién quiero engañar, no había día que no pensara en Polonia y en la guerra. Por eso me distraía trabajando en el taller más horas de las que mi cuerpo y mi vista podían aguantar y trataba de espabilarme bordando o viendo la televisión; eso sí, cuando presentaban alguna película relacionada con la Segunda Guerra Mundial o si tan solo escuchaba los disparos en alguna de rancheros, la apagaba inmediatamente y encendía la radio o salía a dar un paseo.

Al menos cuando estaba mamá podía platicar con ella. No es lo mismo hablar de los horrores de la guerra con alguien que los ha vivido a compartir tus memorias con quienes desconocen lo que significa vivir rodeado de bombardeos, exilio y muerte. Por eso me resistía a contarles a mis hijos, por eso me quedaba callada ante la curiosidad de amigos y parientes que insistían en que les platicara cada detalle del Gulag y en que les describiera el dolor de trabajar en la taiga a menos cuarenta grados.

Cuando ella me llamaba para saludar, me hacía un sumario de las noticias: que si se habían comunicado con Irena, que si Jan y su familia estaban bien, que si la salud. Yo la ponía al día con los logros de mis hijos, sus ocurrencias y siempre terminaba diciéndole que no se preocupara, que yo estaba bien, ¿para qué iba a hablarle de mis angustias?

—¿Quieres saludar a Jan?

—¡No!, la llamada va a salir muy cara —se escucha la voz de un hombre.

—Cierto, la llamada saldrá muy cara. Yo lo saludo de tu parte.

Mis hijos notaron que mi semblante se nublaba por una sombra de tristeza que se acentuó en Nochebuena de ese mismo año. Cuando me preguntaron si extrañaba a la abuela, yo no pude evitar sentir un nudo en la garganta que intenté tragarme para no amargarles la cena. Sonreía y repetía: "Ella está bien, feliz de haberse encontrado con Jan y su familia. Me llamó por la mañana, les manda saludos y bendiciones". Al igual que papá, yo seguía creyendo que la música era el mejor remedio contra la nostalgia, por eso la evadía encendiendo el estéreo y enseñándoles a bailar polca.

Eran muchas cosas las que me impedían viajar. Una, que no contaba con pasaporte polaco. Komarno se había anexado a Ucrania y en México yo tenía un estatus de residente que no regularicé durante los años que estuve casada con Alberto. Otra, que no tenía dinero suficiente para comprar un boleto de avión y solventar los gastos de un viaje tan costoso; ya alguna vez mi madre me había dicho que no me preocupara por eso, que si quería ir a Londres ella y Jan solventarían los gastos, ¡no podía aceptarlo! Con qué cara, si ni siquiera me atrevía a hablar con mi hermano por teléfono.

La niña polaca seguía siendo eso: una niña.

Me mantuve a distancia hasta que Jan tomó la iniciativa.

—Dzien dobry.

Eso significa "buenos días" en polaco.

—¡Jan!

—¡Ania!

—Es la primera vez que hablamos después de tanto tiempo y yo… yo no sé qué decir.

—Di que quieres venir a Londres. Mamá te echa de menos. Ania, hace tantos años que no te abrazo y francamente…

Frases atropelladas. Silencios incómodos. No sabía qué decir. Confieso que en un instante el orgullo estuvo cerca de negarme la oportunidad de volver a ver a mi hermano. Sin embargo, por suerte el corazón le ganó la batalla.

—Sí, hermano. Pondré en orden mis documentos y nos encontraremos en cuanto esté todo listo.

Mis hijos me ayudaron a regularizar mi estatus y en cuanto tuve mi pasaporte, volé a Inglaterra.

38

¡Qué extrañas criaturas son los hermanos!

Jane Austen

Poco después de mi cumpleaños número 42 llegué al aeropuerto de Londres. Una gran masa de personas yendo y viniendo de un lado al otro. Lágrimas, abrazos, despedidas, bienvenidas y yo, buscando a Jan entre todo aquello. Pasaron diez minutos. Un hombre se acercó a mí, no mucho, pero lo suficiente como para que yo pudiera mirar su rostro con detenimiento. "¿Será?", había pasado tanto tiempo... "No estoy segura", pensé.

El hombre dio un paso más y yo también. Él sonrió primero. Sí, era la misma sonrisa. Solté mi maleta y me olvidé de todo.

—Tantas cosas que tenía en la cabeza para decirte en este momento y ya todas se me olvidaron —me confesó conmocionado mientras me abrazaba.

Ese abrazo fue muy largo, fue como una extensión del que debí darle cuando decidió partir a la guerra.

—Es un abrazo de despedida y de bienvenida —le dije a propósito.

—Lo sé, Ania.

—¿Me has perdonado?

—Vamos a casa, tenemos que platicar.

Mamá no sabía que yo estaba en Inglaterra. "Vamos a darle una gran sorpresa", dijo divertido de camino a su automóvil. El tiempo parecía corto ante las tantas historias que nos queríamos contar. Él también se había casado y tenía un hijo.

—¿Eres feliz? —le pregunté.

—Sí, Ania, pero ahora lo soy completamente.

Pasé unos días con él y su familia. Era extraño verlo así, tan maduro, tan fuerte y al mismo tiempo tan frágil por los estragos de la edad y la guerra. Tenía el cabello prematuramente blanco y se le hacían unas arrugas muy simpáticas en las comisuras de los ojos. Su esposa era una enfermera visiblemente más joven que él y su hijo era igual que él cuando tenía dieciséis años.

—Se llama Patryk. Estoy muy orgulloso de él. De grande, quiere ser médico.

—*Hello, auntie.*

En las sobremesas, Jan me contó sobre el llanto que un soldado no puede permitirse derramar y acerca de la esterilidad de la guerra. Lo escuché atenta todo el tiempo, como si me quisiera grabar en la memoria cada una de sus palabras para poder reproducirlas en México frente a mis hijos. Yo también le conté detalles sobre mi vida, aunque él tenía algo de sabido por sus conversaciones con mamá. Le platiqué sobre mis hijos, de lo bonito que era León y de la amabilidad de los mexicanos. Fue difícil resumir treinta años en siete días sin sus noches; hablamos tanto y de todo, que parecía que teníamos miedo de no volver a vernos más.

—En el aeropuerto te pregunté si me habías perdonado y no me respondiste.

Jan se levantó de su sofá y después de un breve instante, volvió con un montón de hojas avejentadas y carcomidas por el tiempo.

—Cuando partí a Monte Cassino me quedé pensando en tu reacción, en lo hosco que siempre fui contigo y, entre mis insomnios, te escribí esto. No lo leas ahora, espera a volver a México, te lo ruego.

—Jan, yo no entendía, era una muchacha que nada sabía del mundo. Cuando me hablabas del honor, jamás pensé en…

—No digas más —interrumpió—. Guárdalo y cuando lo leas, perdóname con todo tu corazón.

—Hace mucho me negué la posibilidad de llorar y, ahora que quiero hacerlo, no puedo.

—Es que no hay razón. Mañana nos encontraremos con mamá. Está en un asilo. No me mires así, ella lo decidió. No quise preocuparte. Está un poco delicada de salud y necesita asistencia profesional. Yo no puedo dársela, Ania —me explicó durante la cena.

—¿Por qué no vuelve a México?, yo podría cuidarla.

—La conoces. No quiere ser una carga. Déjala, hermana. Ella es feliz.

—¿Qué es lo que tiene? ¿Es grave?

—No lo sé. Sufre de ataques de tos y le duele el pecho.

—Eso tiene algo que ver la maldita celda de castigo, estoy casi segura.

—Ania, no te amargues con esos recuerdos. No lo hagas, te lo suplico.

A la mañana siguiente subimos al tren que nos trasladó al asilo en las afueras de Londres. El ruido de la máquina golpeando las vías me hizo recordar el que nos llevó a Siberia sin que yo lo hubiera querido. Sentada junto a Jan, apreté su brazo sin querer y él sostuvo mi mano adivinando lo que pasaba por mi cabeza. Antes no me había vuelto a subir a un tren, no podía.

—Eso fue hace mucho tiempo, Ania.

—Hace mucho tiempo que nos lastimaron, pero la herida no cierra.

—Ya cerró, hermana. Te aseguro que ya cerró.

Tomó mi cabeza y la recostó en su hombro. Su respiración me arrulló y pude dormir un par de horas con la tranquilidad de un bebé en el vientre de su madre. No tenía frío, ni miedo. Era cierto, la herida había cerrado, pero quedaba la cicatriz blanquecina como el suelo de Siberia.

Cuando llegamos al asilo, mi corazón empezó a latir estrepitosamente en busca del abrazo que tanto ansiaba. Mamá salió al salón de visitas acompañada de una enfermera. Tenía la espalda encorvada, sus manos aún eran recias aunque frágiles, como las garras de una paloma.

—¡Hija! Mis dos hijos juntos aquí conmigo. Gracias, Dios, gracias, mi amada Virgen Negra.

—Aquí estamos, juntos los tres —Jan nos abrazaba a las dos.

—Y papá también está con nosotros —terminé de decir y nos persignamos.

—Irena, también. Pronto vendrá a visitarte —añadió Jan.

—Tomaremos muchas fotografías y se las haremos llegar para que se entusiasme y venga a reunirse con nosotros.

Llamé a mis hijos para decirles que pasaría un mes con mi familia. Fue hermoso volver a conversar, reír y dar largos paseos que nos ayudaban a revivir los recuerdos dulces y amargos.

Al año siguiente también la fui a visitar. Irena se unió al encuentro como la misma muchacha parlanchina de las sobremesas en Komarno. Nos mareaba con sus anécdotas y reíamos a carcajadas cuando nos platicaba lo que le había costado aprender inglés.

—Y eso que mi esposo es paciente —bromeaba.

—Ha de ser un santo —replicó mi madre entusiasmada con sus historias.

—Un día vendrá a conocerte, o irás tú a nuestra casa. Es preciosa, con un jardín así de grande y caballos, unas vacas bellísimas y una piscina enorme. Jan me ha prometido que irá a pasar el verano con su familia.

—Me da tanto gusto que seas tan afortunada.

—Y ahora mismo lo soy al doble —aseguró sosteniéndonos las manos sobre la mesa.

—Si tu papá nos viera, estaría feliz. Lo echo de menos.
Jan, Irena y yo, hicimos cada verano un paréntesis en las vidas que nos había tocado vivir encontrándonos en la casa de mamá, donde volvíamos a ser los polaquitos que crecieron en el campo sin pensar que en el mundo había otros países y otros idiomas. Así fue durante los siguientes cuatro años que Dios le permitió seguir con vida.

39

Soldados, ha llegado el momento de la batalla. Hemos
esperado mucho por vengarnos y castigar a nuestro enemigo
hereditario. La tarea que se nos ha asignado cubrirá de
gloria el nombre del soldado polaco en todo el mundo.
En este momento, los pensamientos y los corazones
de nuestra nación entera estarán con nosotros.
Confiando en la justicia de la divina providencia,
avanzamos llevando en el pecho la sagrada
divisa Dios, honor, patria.

W.Anders, comandante del II Cuerpo Polaco

De: Jan C.
Para: Ania C.
Hermana:
Desde que salimos de Polonia he tenido la espantosa sensación de
estar siempre perdido en el espacio y el tiempo.
Recién les anuncié que me uniría al ejército y parece que han
pasado décadas desde la última vez que te vi caminar furiosa dándome
la espalda a mí y a todas las explicaciones que tenía para ti. Ahora
te las ofrezco, es necesario o voy a sentir que me atraganto con ellas.
Mis padres son mis padres y ellos sabrán comprenderme o perdonarme,
por eso dirijo mis cartas a la hermanita cándida y buena que fuiste
y que sé, sigues siendo en alguna parte del mundo.

Ando por las montañas sin descanso. Mi cuerpo aún no está repuesto. Mi corazón, tampoco. Es más, te puedo decir sin temor a que pienses que soy débil, que está herido desde que supe que los invasores, alemanes y soviéticos, habían cruzado la frontera arrinconándonos en el cuarto más oscuro de nuestras casas. Para decirlo mejor, es como si en ese momento me hubieran clavado un cuchillo en el pecho que, cuando llegamos a Siberia, me rasgó hasta alcanzar el vientre.

Por las mañanas, frías y rosadas, levantamos el campamento y caminamos por los montes Zagros con dirección a Palestina. El agotamiento y el dolor de las ampollas me consuelan y distraen, obligándome a pensar en lo que habrán sentido cuando les anuncié que nos iríamos al combate. Tengo la sensación de que la sed y el hambre me están expiando, como a Jesucristo en el desierto.

No sé lo que nos espera, ni en dónde o contra quién tiraré la primera bala. Ania, tengo miedo, mucho miedo de dejar de ser el de hoy, así como hoy ya no soy el de ayer... ¿Es que dentro de mí habrá algún monstruo dormido que aguarda el momento de despertar? ¿Es que alguien como el despiadado Oso polaco habrá sido, en algún tiempo, parecido al Jan de Komarno? Mi querida hermana, ¿quién seré en el campo de batalla?, esa pregunta es mi cataclismo.

Diciembre, 1942

Hemos llegado a Palestina. El año 1943 vislumbra una tensión que me está desquiciando. Todos los días, tras el entrenamiento, insisten con que pronto estaremos en el frente, que falta menos, que la "hora de la verdad" se acerca y yo me voy sintiendo más como un pecador a la espera del Juicio Final. Quizás es por eso que escribo tanto, porque estoy intentando redimir mis pecados antes de cometerlos, explicar los asesinatos que habré de cometer, justificar la preservación de mi propia vida derramando la de mi enemigo... Fíjate en lo que acabo de escribir: "mi enemigo". ¿Qué es un enemigo, Ania? Quizá sea un padre de familia que no tuvo más remedio que marcharse de su hogar, o un jovencito miedoso que fue obligado a alistarse en el ejército, o un enclenque inexperto como yo que, en la necia búsqueda de su destino, ha encontrado el sentido que le arrebataron cuando le quitaron las herramientas y la madera.

Ayer, mientras preparábamos las municiones, vi llorar a Mandek. No me atreví a hacerle una pregunta estúpida. Sé que extraña a su familia y que no deja de sentir remordimiento, así que lo dejé tranquilo.

Diez de mayo, 1944

Hemos llegado a Monte Cassino, en Italia.

Los aliados necesitaban refuerzos. Aquí estamos polacos, británicos, estadounidenses, indios, brasileños, neozelandeses, franceses... todos luchando por cruzar la línea Gustav.

No pretendo describir una estrategia militar pero, para que me entiendan tú y quienes lean estas cartas en el futuro, intentaré hacer una primitiva descripción de lo que estoy viviendo justo ahora.

La línea Gustav atraviesa Italia en la zona de Nápoles de un extremo al otro del país. Está blindada con campos minados, alambres de púas, morteros, lodos que son capaces de hundir tanques militares y, en la cima, detrás de la línea, con unos uniformados alemanes que aguardan expectantes, como gárgolas, en lo alto del monte donde reposa un inmenso monasterio.

Los alemanes nos observan y disparan desde lo alto. Su vista es privilegiada. Las bajas han sido muchas, tantas que el monte huele a muerte: la sangre podrida, húmeda por los calores de mayo, moscas dándose un festín con los restos que se asoman por las fosas cavadas a bote pronto.

La montaña, el pueblo, el río, todo está bañado en sangre.

Treinta de mayo de 1944

Querida hermana:

Ganamos la batalla, ¿crees que te puedes alegrar con esas primeras palabras triunfales? No, no lo hagas. Primero, déjame describirte lo que es la guerra. Tú la viviste en su piel; yo, dentro de sus entrañas.

Mandek murió en los brazos de un compañero francés. Un disparo en la cabeza acabó con la vida de nuestro cuñado. No lo supe hasta después de unos días, cuando me comunicaron la infortunada noticia tras el recuento de las bajas.

El olor a pólvora y a carne quemada ya me tienen obnubilado. Búnkeres, fortines, mugre, lodo, hambre, sed, eso es la guerra.

En el campo de batalla la muerte no se anda con rodeos. Aquí te sostiene la mirada y se ríe de ti a carcajadas cuando el estómago se te tensa al escuchar cualquier disparo. Aquí te empuja al precipicio y tú te dejas caer sin poner resistencia. Disparas, matas o te matan. El instinto de supervivencia llevado al extremo más indómito.

Los alemanes, que tenían una posición tan fuerte en lo alto del monte, fueron bombardeados y entonces cruzamos la línea. Llegamos hasta ellos y los acabamos con la misma saña con que ellos aniquilaron a los nuestros. "Ellos" y "nosotros" son las palabras más horribles del diccionario.

Había mutilados por todas partes. Cadáveres para los que el casco resultó inútil. Una bandera blanca ondeaba en Monte Cassino. Luego, fueron la británica y la polaca las que adornaron el asta para honor de los aliados.

¡Ganamos!, nos vanagloriamos, pero he de confesar que yo no sentí júbilo alguno. Por el contrario, me sentí igual o más bajo que los muchachos soviéticos que andaban por nuestras calles con sus miradas altivas y con la hombría puesta en sus armas largas.

¡Ganamos! ¿Y qué ganamos?... El Jan que escribirá mañana quizá tenga la respuesta.

Ania,

Es 1945 y la guerra por fin ha terminado. Me iré a Inglaterra esperando que este sea el último tramo que debo caminar. Anhelo tanto poder respirar profundo, sin miedo a llenar mis pulmones con el nauseabundo olor de la pólvora. Quiero sosegarme. Y cuando la serenidad por fin me haga el honor de su compañía, se encontrarán con un hombre completo, no con este lisiado de alma que ya no se reconoce frente al espejo.

Tengo tantas misivas para ustedes y ninguna dirección para mandarlas. Quizá sea mejor así por un tiempo.

Querida hermana:

Han pasado muchos años desde que terminó la guerra.

Tan solo en Monte Cassino cayeron unos setenta y cuatro mil hombres de los dos bandos. Recientemente, un conocido que fue al cementerio polaco de la ciudad a rendir homenaje a los compañeros que perecieron, me enseñó una fotografía del monumento que se alza en su honor, y dice: "Los soldados polacos, por nuestra libertad y la tuya, han dado nuestras almas a Dios, nuestros cuerpos a la tierra de Italia y nuestros corazones a Polonia". Vaya manera de idealizar la guerra y a sus difuntos, pensé sonriendo hipócritamente ante mi colega orgulloso con su fotografía.

Tras la rendición de Alemania siguieron Hiroshima y Nagasaki. Después, la resaca, la repartición, las fronteras que escoñaron a millones en el mundo, el comunismo en Polonia, el muro en Berlín... y entre todas esas desgracias, escucho aquí y allá a la gente lamentándose porque "las mujeres y los niños sufren". Siento una profunda tristeza, que antes era furia, al darme cuenta de que no hay espacio para el dolor de los hombres en este mundo... ¿Es que no tenemos derecho a llorar? ¿No somos dignos de compasión y cariño?

Hermana, este Jan que te escribe no es aquel muchacho que pensaba que el honor era un valor necesariamente unido a la fuerza en el combate. El honor es algo mucho más grande.

Por cada estruendosa bomba en el campo de batalla, había cientos de colegas preguntándose unos a otros si estaban bien. Por cada soldado paralizado por el miedo, había dos o tres dándole palabras de ánimo mientras protegían sus espaldas. Y por cada hombre caído, una ingente cantidad de semillas que germinan en la tierra preservan su nombre y el de su patria en la memoria de todos los tiempos; ahí es donde el honor está enclavado.

De la guerra aprendí que habrá más guerras. Seguirá habiendo huérfanos y más viudas, y los poderosos no cesarán de alimentarse de la desgracia de los pueblos. Sin embargo, hoy que ya soy un hombre casado, veo un halo de esperanza en mis hijos y en la sonrisa de mi esposa, y es cuando me rebasan las ganas de alzar la mirada al cielo y, limpiamente, como cuando era un niño del campo, buscar reconciliarme con la vida. Espero que un día me perdone y tú también.

Te quiere,
tu hermano Jan

POLONIA

40

No hay nada como volver a un lugar que no ha cambiado
para darte cuenta de cuánto has cambiado tú.

Nelson Mandela

—Abuelita, ¿me llevas a Polonia? —me pidió Karola, hija de Jan Javier, irrumpiendo en la habitación que me vio envejecer.

—¡Polonia!... —respondí dejando a un lado una mantilla que estaba bordando.

Era de esperarse. Yo había aprendido a convivir entre dos mundos, a comer pierogis con salsa picante y sopa de betabel acompañada de tortillas. Con el *Sto lat* y "Las mañanitas" festejábamos los cumpleaños y en casa había dos imágenes en el altar: la Virgen de Guadalupe y la Virgen de Czerstochowa. Uno de esos mundos era evidentemente conocido para mi familia, del otro solo sabían por mis relatos.

—Sí. Hablé con papá y le he dicho que prefiero un viaje en vez de fiesta de quince años —explicó mi nieta.

—Debo pensarlo.

—Abuelita —se acercó, se sentó a mi lado y me rodeó la espalda con su fino brazo de quinceañera—. ¿Acaso no extrañas tu país?

—Mucho, siempre. Y eso que salí de él muy jovencita, justo a tu edad.

—Me cuesta trabajo imaginarme lo que habrás sufrido dejando todo atrás: tus cosas, tu hogar, tu… oye, abuelita, ¿tuviste novio en Polonia? —me preguntó con un gesto pícaro. Quería saber todo.

—¡Niña!

—No tiene nada de malo.

—Claro que no, muchachita. Lo que tuve fue un amor muy inocente.

—¡A ver, cuéntame! —se frotó las manos, como si estuviera a punto de comerse un pastel.

—Se llamaba Cezlaw. Tenía los ojos muy verdes, era blanco, chapeado, su cabello era dorado, muy guapo. Me acuerdo que se peinaba de ladito. Siempre se estaba riendo, era muy alegre y también inteligente, sensible, bondadoso. Cada miércoles a las seis llegaba a la casa, muy formal para visitarme con una caja de chocolates envueltos en papelitos dorados. Entraba a la casa, comíamos quesos y pasábamos la tarde conversando, riendo frente a la chimenea en invierno o en el porche durante el verano. Fui muy feliz.

—¿Y luego? ¿Qué pasó?

—La guerra.

Karola no siguió preguntando cuando me vio quitarme los lentes y agachar la mirada. En cambio, yo me quedé pensando en él por un largo rato. La vejez no era para ti, querido Cezlaw. Te hubiera quitado el brillo de los ojos, tu cabello rubio se hubiera desteñido y la sonrisa se te hubiera perdido entre las arrugas y la piel holgada. No, tú no envejeciste ni moriste, tú te convertiste en risa y chocolate.

En el año 2000 mi nieta me convenció de volver a Polonia a celebrar sus quince años.

El cielo seguía tan brillante y tan azul como el de los años felices. Mi ciudad ya no era polaca, pues con la invasión soviética el territorio se anexó a lo que hoy es Ucrania, e ir implicaba otros trámites que no quise hacer; jamás volvería a hablar en ruso. Fue triste no poder ir a Komarno. En cambio, caminar por las calles de Varsovia y Cracovia de la mano de mi nieta recordando que papá me quería llevar a conocerlas, me hizo pensar en el pasado y el futuro entretejidos en el mismo espacio.

Ya no había tanques de guerra rodando por las calles, ni aviones nublando nuestros cielos. La guerra había terminado muchos, muchísimos años atrás y yo no había podido disfrutar, hasta ese momento, de Polonia despejada del odio de Hitler y Stalin. Todos los gobiernos soviéticos posteriores a la Segunda Guerra Mundial negaron la existencia del acuerdo detrás del pacto Ribbentrop-Mólotov en el que Alemania y la Unión Soviética convinieron la repartición de Polonia. Sin embargo, el revelador documento fue encontrado entre los archivos soviéticos en el año de 1989 y la verdad conoció la luz. La censura que tanto nos aquejó siguió el mismo sendero cuando se edificó la llamada República Popular de Polonia y la imagen de amistad polaco soviética, promovida por los dos gobiernos comunistas, se mantuvo impoluta por mucho tiempo, principalmente porque la historia oficial enunciaba que la campaña, mejor dicho, la invasión de 1939 había servido a la buena intención de unir a los pueblos ucraniano y bielorruso, así como para liberar a los polacos del capitalismo oligárquico. Todos desanimaron el estudio o la enseñanza profunda sobre la materia. Aun así, varias publicaciones encubiertas, conocidas en polaco como *Bibuła*, profundizaron en la historia de Polonia durante aquel periodo, poniendo el dedo en la herida, como puede escucharse en la canción de protesta "Mury" (muros) de Jacek Kaczmarski:

> *Y así vieron cuán numerosos eran,*
> *y sintieron la fuerza y el momento,*
> *y cantando que el alba estaba cerca, caminaban a través*
> *de las calles de la ciudad;*
> *derribaban las estatuas y destrozaban el pavimento.*
> *¡Éste está con nosotros!, ¡Éste contra nosotros!*
> *¡Nuestro peor enemigo es el que esté solo!*
> *Y el cantante también estaba solo.*

No, Polonia no era la misma y yo tampoco.

41

*El maltrato hacia los polacos fue una de las muchas
formas en las que los regímenes nazi y soviético llegaron
a parecerse el uno al otro.*

Niall Ferguson

Sentada en la banca que reposa en la entrada de mi casa por fin puedo inhalar y exhalar sin miedos ni prisas. Mis pulmones son Polonia, y México es el aire que respiro. Después de un largo camino, el viaje está por terminar, lo sé y estoy en paz. Que la vida vuelva a la tierra como las hojas del árbol cuando caen.

—Te digo. Olvidas tu cumpleaños con facilidad.

—Es que con la edad me he vuelto más distraída. Además, es una fecha que no me trae tan buenos recuerdos, como lo has de saber.

—Ya deja de pensar en el pasado, Ania. Mejor dime, ¿te ha gustado vivir en México?

—Es un lugar hermoso, la gente es muy simpática y México me dio una familia que... perdona, no quisiera hablar de él frente a ti.

—Conozco la historia. Lo que sí te he de reprochar es que hubo muchos días en que dejaste de pensar en mí.

—No sé cómo fui capaz. Perdóname.

—Es una broma. No te disculpes, era natural, no me necesitabas.

—¿Y ahora?

—¿Ahora qué?

—¿Volveré a verte, Cezlaw?

—Si tú lo quieres.

—Claro que quiero. Dame tu mano, necesito apretarla muy fuerte, como el día que nos despedimos.

—Es que no lo has entendido, jamás nos hemos despedido. ¡Mira, un diente de león! Sóplale y pide un deseo.

—Ya lo hice.

—Pero no pediste nada. Anda, hazlo de nuevo. Deja que el polen flote en el viento, a ver a dónde llega.

Cezlaw acerca el diente de león a mi boca. Miro su mano suave como un durazno recién caído del árbol y me avergüenzo de los estragos que el tiempo ha hecho en mi cuerpo. Soplo, para seguirle el juego, pero no pido ningún deseo. Ya tengo todo lo que algún día quise.

—Listo. Ahora debo entrar. No tardarán en llegar mis hijos.

—Yo te esperaré aquí, en tu banca, bajo tu árbol.

—En mi pedacito de tranquilidad.

—Aquí estaré.

—No tardo. Volveré para que sigamos riendo de lo mucho que he cambiado y de los achaques que me doblan la espalda. Mira mi cabello blanco, y qué dices de este bastón tan gracioso que necesito para andar.

—Nada, para mí sigues igual de bonita. Tus ojos son igual de azules como las flores del bosque.

A pesar del sufrimiento y las vejaciones, la historia de los refugiados es afortunada. De los más de cuarenta millones de personas que murieron, cuatro millones eran polacos. Solo unos cuantos miles sobrevivimos en Siberia. Y muy pocos encontramos paz en México; yo fui una de ellos y de mí nacieron cuatro hijos, diez nietos y seis bisnietos que conservan en su sangre la historia de dos tierras tan distintas.

Mi vida es la de todos los que salen de su patria en busca de esperanza, de descanso, de alivio.

Es la vida de millones en todos los tiempos.

La de los refugiados que, sin rumbo, se dejan y se han dejado llevar por el viento con la fe como única protección.

Es la razia en Polonia, el Gulag de Siberia, la matanza de Katyn. Mi vida es la de los hermanos caídos en un lado y otro del río Volga bajo la esvástica o la estrella roja.

Mi vida es un humilde homenaje para todos ellos.

—¡Ania! Antes de que entres, olvidaba decirte algo. ¿Ves cómo no me equivoqué?

—¿A qué te refieres?

—A que sí hay cosas más fuertes que la guerra.

"Me gusta soplar los dientes de león y ver cómo sus semillas se esparcen en el viento...".

Agradecimientos

Quiero rendir un sincero homenaje a todas las víctimas y testigos de los sucesos que aquí narro. Ellos son la voz de los miles de polacos desterrados y también de los que quedaron sepultados bajo la nieve. El encuentro con algunos de ellos y sus descendientes no habría sido posible sin Ángel Picón, a quien desde hace muchos años considero mi hermano.

Gracias a mi madre, Concepción, la amorosa guerrera, por soportarme en toda la extensión de la palabra.

A mi hija Amélie y a mi amado esposo Ömer Güven por su amor infinito y por resistir con magistral paciencia los embates de una escritora obsesionada con su obra.

A Paquito y Luna por sus ronroneos… y por calentar mis pies mientras escribo.

Agradezco también a la tía Nena, que aplaude cada uno de mis pasos desde que aprendí a caminar. A mi hermano Ricardo, por su cariño a pesar de las distancias que nos separan, y a Stéphane Guigues por lo que nos une desde el 2010.

Doy las gracias a los primeros lectores de este libro cuando era apenas un manuscrito, los escritores Pedro Ángel Palou, Jacobo Máchover y Mónica Subietas, grandes representantes de las letras de México, Cuba y España. Asimismo, al historiador y escritor escocés Stuart Reid Bona Johnston por haberme apoyado en la revisión de la cronología de los acontecimientos que aquí se describen. A José Luis Martínez y Hernández por la

263

camaradería recién nacida por amor a las letras, ¡un abrazo hasta Turquía!

Aprovecho la oportunidad para hacer mención especial de mis amigos en México: Martín Hernández Alcántara, Rafael Quiroz, Marco Ramos Olvera, Brigitte Lindig, Arturo Castillo, Laura Bagatella, Jorge Carrasco, Manuel Alonso, Fernando Abraján, Javier González, Diana Hernández Juárez, Cristina Ortiz López e Iván Mercado, y de mis compas chilenos Emilio y Christian Cortez Sasso. Gracias por toda su luz. Ustedes siempre están aquí conmigo.

A Paulina, Olivier, Frank y Marek Nerko por haberme regalado un pedacito de su Polonia.

Gracias a Maripina Menéndez, directora de Save the Children México por su entusiasmo tan contagioso. Eres grandiosa, amiga mía.

También agradezco a la Universidad de Zúrich, a los profesores y compañeros por hacerme sentir en casa en esta tierra de nieve y cisnes.

No puedo dejar de agradecer a mi editora Ángela Olmedo quien, con su profesionalismo y entrega, hizo de *La niña polaca* el libro que es.

Gracias a Andrés Ramírez por quitar el cerrojo de la puerta.

A México por ser mi nido y a Suiza por ser mi cielo…

… y a París por ser París.

Anexos

Fragmento poema "A la luna": Cuando fue joven y bajo el pseudónimo de "Soselo", Josef Stalin escribía versos románticos. Destacan: "Mañana", "A la luna" y "Viejo Ninika".

Pacto Ribbentrop-Mólotov: Este tratado de no agresión fue firmado entre Alemania y la Unión Soviética por los ministros de Asuntos Exteriores de ambos países. Se firmó nueve días antes de iniciar la Segunda Guerra Mundial. En secreto, se repartieron el territorio polaco estableciendo como línea divisoria el río Vístula. Este tratado se vio afectado por la hostilidad entre ambas naciones, la cual culminó con la invasión nazi a la Unión Soviética.

Tratado Sikorski-Maiski: El tratado consideraba la creación de un ejército polaco dentro del territorio soviético, con lo que se pretendía evitar la muerte de decenas de miles de prisioneros de guerra y presos polacos que se encontraban en los campos de trabajo forzado. A este ejército, mandado por el general Anders, consiguieron entrar unos veinte mil prisioneros de guerra. Unos trescientos sesenta y ocho mil presos y desterrados polacos recibieron "amnistía". Se estima que unos cien mil prisioneros de guerra se quedaron en la Unión Soviética, de los cuales unos diez mil, que no llegaron a entrar en el ejército de Anders, se alistaron a las formaciones

militares organizadas por organizaciones procomunistas polacas. El destino de los restantes se desconoce, probablemente la mayoría falleció en los campos.

Bibliografía

Anders, Wladyslaw (2008). *Sin capítulo final*. España: Inédita Editores.

Applebaum, Anne (2003). *Gulag*. Estados Unidos: Doubleday.

Artola, Ricardo (1995). *La II Guerra Mundial. De Varsovia a Berlín*. Madrid: Alianza.

Beevor, Antony (2012). *The Second World War*. Reino Unido: Weidenfeld & Nicolson.

Hassel, Sven (2006). *Monte Cassino*. España: Inédita Editores.

Herling-Grudzinski, Gustaw (2012). *Un Mundo Aparte*. Barcelona: Libros del Asteroide.

Jakobson, Michael (1993). *Origins of the Gulag: The Soviet Prison Camp System, 1917-1934*. Estados Unidos: University Press of Kentucky.

Sebag, Simon (2008). *Young Stalin*. Reino Unido: Orion Publishing Co.

Solzhenitsyn, Alexandr (2015). *Archipiélago Gulag*. España: Tusquets.

Cronología

23 de agosto de 1939. Se firma el tratado Ribbentrop-Mólotov.

1 de septiembre de 1939. Alemania invade Polonia.

17 de septiembre de 1939. La URSS invade Polonia.

22 de septiembre de 1939. El Ejército Rojo desfila triunfante por las calles de Lwow.

27 de septiembre de 1939. Rendición de Polonia.

22 de junio de 1941. Operación Barbarroja.

31 de julio de 1941. Firma del tratado Sikorski-Maiski.

14 de agosto de 1941. Sikorski viaja a Moscú a firmar un pacto militar con Stalin.

7 de diciembre de 1941. Ataque de Pearl Harbor.

20 de enero de 1942. En la conferencia de Wannsee, cerca de Berlín, se decide la "solución final" y se programa la eliminación sistemática de los judíos en campos de exterminio.

14 de enero de 1943. Encuentro de los aliados en Casablanca.

2 de febrero de 1943. Triunfo del Ejército Rojo en Stalingrado.

Abril de 1943. Se revela que la matanza de Katyn fue perpetrada por los soviéticos.

Julio de 1943. El Ejército Rojo marcha hacia el Oeste.

12 de enero de 1945. Los soviéticos lanzan una nueva ofensiva para liberar Varsovia y Cracovia

16 de abril de 1945. Las tropas soviéticas lanzaron la operación estratégica en Berlín y nueve días después la ciudad ya estaba rodeada por el Ejército Rojo y el Ejército polaco.

30 de abril de 1945. Se suicida Adolfo Hitler.

9 de mayo de 1945. Alemania se rinde ante los soviéticos.

5 de marzo de 1953. Muere Josef Stalin a causa de una hemorragia cerebral.

Índice

Exordio. Hacia ninguna parte   11

Polonia   15
El trayecto   71
Siberia   95
Después de Siberia   147
México   207
Polonia   253

Agradecimientos   263
Anexos   265
Bibliografía   267
Cronología en el índice   269

La niña polaca de Mónica Rojas
se terminó de imprimir en agosto de 2022
en los talleres de
Litográfica Ingramex S.A. de C.V.,
Centeno 162-1, Col. Granjas Esmeralda, C.P. 09810,
Ciudad de México.